KB112809

해바라기밭의 리토르넬로

해바라기밭의 리토르넬로

최문자 시집

민음의 시 295

민음사

다시 해바라기밭으로 간다.
바깥으로 나가려는 물고기 자세를 하고
오래된 집을 떠난다.
거기 사는 시계들
창문을 열어 줄 것이다.

2022년 1월
최문자

차례

1부 호모 노마드

2부 Nothing

3부 재

4부 끝

1부
호모 노마드

몇 개의 발화

토마토가 익는 동안
누가 나를 보았다고 한다

7년 전
토마토는 몇 번
나는 한 번 더 익었다

익다가 죽기도 하는구나

몇 개 죽고 나서
나는 몇 개로 보일까?

내 몸에 몇 개의 점이 더 생겼고
이후로도 컴컴할 몇 개의 방이 비어 있고
몇 개의 주머니에 비누 거품 같은 결심
늘 견디지 못하고 세상으로 나오는 굽은 못 몇 개를 본 사람들이 있다

몇 개의 내 못들은 모두 나선형

위로 오를수록 어깨 너머로 꽃잎이 없어지고 결심 몇 개 따라가 죽고

토마토가 익는 동안
다른 토마토가 열리지 않는 동안

연필 몇 개 하얗게 깎아 주고 있다

토마토가 익는 사이로
얼마만큼씩 빛은 없어지는 걸까

여름은 이미
다른 곳에서 어떤 생을 사랑하고 있다

누가 나에게서
익지 못하는
푸른 토마토 몇 개 보았다고 한다

호모 노마드

—3이라는 숲

언제부터인가
3이 자꾸 보인다

매일 밤 새 한 마리 태어날 것 같은
둥근 촉감

창문을 열면
건물과 걸어가는 사람들
서서 1을 오래 견딘다

걷다가 괜히 속이 울렁거린다
1의 매일은 끝이 없는 기다란 거품

눈물을 닦고 보면
3은
수치심도 둥글게 보인다

내가 세상의 1을 스치는 동안
사과들은 점점 둥글어지고

3초에 한 번씩

모르는 사람이 죽고
날파리들은 잉잉대며 어두운 내게 달라붙었다
슬픔도 벌레로 뒤덮일 수 있었던 시간이었지

건초가 조금 마르는 3분 동안

가만히 있던 물방울이 없어지고
가득한 꽃다발을 세 번씩 그리워하고
그를 모른다고 세 번씩 부인하고
우리가 서로 갖게 된 사과의 맛을 오래 후회하면서

세상에서 가장 큰 창문이 달린
이 숲으로 왔다

어느 날 자작나무 아래
여러 개의 주머니를 버리고

시계의 초침을 멈추고 서 있는 동안
파고드는 공기들의 흐름
아, 이 숨이 나인가 하고
민트색 싹이 트는
나는 세 번씩이나 사람이었지

3이라는 숲
감정으로 찢어진 3이라는 지면과 흐린 발자국들
어떤 슬픔에도 주인이 없었지

풀잎이 훌쩍훌쩍 자라고 나면
세 번씩 나를 어기고 떠났던 시간들은 쓰러지고
어떤 흐름이 생기지
눈물방울 같은

입에 물고 있던 뭔가를 멀리 던져 버리고
새들은 3자를 그리며 돌아온다
절반 정도는 풀이고 흔적인
나머지는 질문인

3이라는 숲으로

아득하고 아득해서

풀 뒤
거기 있겠다

호모 노마드
— 도형들

내가 연인이었을 때

나처럼 잘 우는 도형 하나 그리고

시간을 다 썼다

그 커다란 비누 같은 시간을

라벤더 향이 아직 남아 있는데

무릎을 다 썼다

무릎은 오래 사랑스런 자세를 찾아다녔다

자주자주 도형을 바꾸며

나는 이처럼 아름다운 잉크빛 같은 유채색 도형이었나?

열린 도형을 그리고 마구마구 나를 흘려보냈다

잉크가 나와 섞이는 사이

나는 흐린 잉크를 찍어 시를 쓰는 연인이 되었다

시를 쓰는 동안

잉크빛 새벽별이 보였다

시간이 마틸다처럼 짐을 쌌다

별빛이 저만치 가면서 꼭짓점마다 촛불을 하나씩 켜 주며 갔다

내가 더 연인이었을 때

어떤 도형 앞에 오래 서 있다

네 속도가

내 속도와 다른
희미한 선분이었던

이런 이런

무덤같이 생긴
내가 그린 마지막 동형이었네

호모 노마드

— 바깥에서

내가 가르시아 마르케스의 책을 읽을 때
너는 헤엄쳐 나간다

발이 부르트도록 걸었던 어떤 길
마디마디 따가운 신발을 신겨 주던 그 길 바깥에서

사랑은 얼마나 하찮은지

눈이 내리자
새들처럼 바로 없어지는 너

나는 화폐의 모든 단위를 잊었다

우리는 서로 어울리는 뼈를 찾지 못했다

바람을 전해 주는 흉노의 딸일까?
내 꿈의 대부분은 말꿈이었지
말이 슬피 우는 꿈 말이 시름시름 앓는 꿈 말과 길에서
다투는 꿈 말이 일어나지 못하는 꿈

여기가 끝인데 말들은 끝 그다음으로 떠나고 있었다

하루 100만 명 이상의 인간이 허공에 떠서 비행하고 10억 명 이상이 트럭이나 자동차에 실려
길 바깥에 있단다

모두 넘어지고 쓰라린 아픈 자국을 가리고

호모 노마드

—무한 시선

물새 공원으로 갈대를 보러 갔다

오래전부터

사랑이 이렇게 자주 뼈만 남으면 색깔만 남으면 이렇게
자주 무덤덤해지면 이렇게 서로를 찾아가는
눈만 깜빡거리면

붉은 구름과
매일 우는 물새들도 여길 떠나겠지?

해마다 더 추워지는 길에서
나는 마지막 버스를 놓친다

가벼운 것이 무거운 것의 어깨를 덮으며 하는 말 같은

추워지면 서로를 놓게 되는 꿈을 꾸고
다음 날은
누가

나를 뜨겁게 읽어 주겠다고 했지만
읽어 주지 않아도 상관이 없는데

여기만 지나면 지나면 하면서
거기 그냥 있었다
갈대와 둘이 창백해지면서

호모 노마드
— 이름

이름보다 이름 뒤의 우주가 얼마나 무거운지?
누구 이름 하나 지우기가 이렇게 눈물이 난다

부르다 보면 끝자가 입안에서 뭉게지는 이름 몇 개 달고 야생동물 보호구역으로 들어간다
가끔 짐승이라고 부르고 싶은 그 누구의 주소와 이름
나를 이해하기 전엔 하얗게,
나의 이야기를 알고는 파랗거나 빨갛게
동물들과 섞일 땐 짐승의 색깔로
각각 다르게 그렇게 부르고 써 줄 주소는 없을까
나의 슬픔 그 혹독함도 격정으로 저렸던 손발도
자주자주 빈칸이었던 나의 이름들
이름과 슬픔 모두 뒤섞어 놓고 '나'라고 불러도 나는 대답할 수 없다

나의 이름은 지금 고원을 걷다 우주에 있다
별자리 몇 개를 바꾸고 있다
만지작거리다 목메는 이름 몇 개 우주로 떠나 보내는 중이다

별들이 이름 몇 개 업고 나온다
푸르게 반짝인다

호모 노마드

— 발

4월

문 열고 나와 보니 모두 흰 꽃

컴컴한 발들은 모두 여기에 없었다

가지에 커다랗게 하얗게 있다가 내려온 꽃이

'내 발은 어디에 있을까?'

파면 파고들수록 어려웠다

술 취한 남자처럼

그 길에서 발의 이름을 불러 보았다

몸의 끝이 안 보인다

몸을 잃어버린 발들이 여기 말고도 지구에 몇 억 개쯤 더 있을 것 같고

발 없는 게 뭔지도 모르면서

수백 개의 꽃 사이를 지나쳤다

꽃잎 꽃잎 꽃잎 꽃잎 같은 발을 찾아서

꽃이 떨어져 죽을 때
막 도착하는 발을 보았다

늘 아슬아슬했다는 뜻이네

발은
꽃보다
크레타 미궁 같은 캄캄한 바닥을 하나 더 알고 있다는
것이네

호모 노마드
— 예측하기

더 나은 미래는
불빛을 다 꺼뜨리고
이미 끔찍하게 슬프다는데

당신들만 걷는다는 길가는
봄꽃도 더 감각적인 그리움으로 피고
용기와 체념을 마구마구 뒤바꾸며 휘날려 주는 바람이 살고 있다는데
알록달록한 미래가 있다는데

그때
내가 미래가 된다면

먼 곳에서 마르는 건초 더미에 앉아
아직 끝나지 않은 원고를 뒤적이다
예측 불가능한 시를 쓰다
실패보다 더 깊은 구덩이 앞
견디지 못하는 출렁다리 중간에 나는 서 있을 것이다

이미 지독한 잎들이 앞을 덮으며 나에게 오고 있다

호모 노마드
—나는 언제 자전하나

지구가 돈다는 생각
날마다 오고 있는 저녁에
의심이 생긴다

잉크가 떨어졌을 때
의자가 넘어졌을 때
밤에서 사람들이 쏟아질 때
사마리아 여인처럼 물동이를 내던질 때
깜빡거리다 내가 꺼질 때
부서지면서 가능한

저녁이 오고
지구가 사과를 놓친다

사람들이
마구마구 의심의 사과를 찾아다닌다
사과 같은 나를 찾아서 온다
나를 반도 안 읽어 보고
반도 안 먹어 보고

내동댕이친다

지구는 더 많은 사람들을 사과처럼 떨어뜨린다

남아도는 사과들
남아도는 불행들

지구는
까맣게 감추려고 한 바퀴 돈다

한 밤 자고 나면
사과가 발각해 낸 낯선 얼굴들이
빠알갛게 밝아 온다

나는 언제 자전할까?

호모 노마드

— 아, 시간

시간은 강물이 넘치는 쪽으로 바삐 뛰어가고 있었어
시간은 '아, 시간' 하고 외치는 어떤 발견이어야 했어

시간은 시간이 길다고 나에게 거짓말을 하고
나는 짧은 시간을 음악처럼 사랑했다

자주 폭력적이지만 시간이 온유하기를

거기 커다란 발바닥이 있었어
성큼성큼의 길이가 있었어
말귀를 못 알아듣는 시곗바늘이 있었어
단순해지는 슬픔이 있었어

나는 가끔 시계의 창문을 부수고 싶었다

호모 노마드

— 비행

뒤돌아보니 이제까지 온 길에 전봇대가 너무 많았네 찌릿할 전깃줄은 모두 머리 위에 있었지 나의 허공은 오래 뻐근했고 무섭기도 했다 군데군데 쓰러져 있는 고요한 풀들은 내 뒤에 숨어 있던 여러 개의 나, 나는 두려워서 기둥 같은 사람들과 함께 관목 양수림 음수림 모두 한발짝도 이동할 수 없는 몸에 나를 기대며 자라고 있었지 한해살이풀처럼 한 해만 한 해만 하면서 독한 전류를 흘리면서 아무것도 모르는 사람처럼 전봇대로 서 있었지 겨울이 오면 떠나기로 했다 익숙한 문고리를 돌리고 눈을 털고 이 도시에서 숲을 지나 저 산맥까지 가는 비행기를 타기로 했다 몇 개의 고원을 넘으며 육포와 마른 젖 덩어리를 씹으며 눈이 오면 더욱 좋겠지

호모 노마드

— 피란처

상자에 담기자
상자에 담기자

나는 강물에 던져졌다

떠내려간다

강물은 파랗게 고요하다

상자에 발이 달리는 꿈을 꾸자

상자 안에 갇힌 작은 빛

접힌 우주

파피루스 풀을 꺾어 볼을 기대고

역청 냄새 맡으며

상자 속에 수북한 갈대숲 사이 깨끗하고 반짝이는 물에서

매일 잠들자

어린 모세처럼

호모 노마드
— 동행

안개가 낀 얼음의 숲에 도착했다
누가 나를 위해 떠나고 나를 위해 달리겠는가
이 말은 나에게 말할 게 있는 짐승인 거다

북경에서 울란바토르로 넘어갈 때 슬쩍 길이 무너지고 말이 나를 태울 때 나는 말의 왼쪽 어깨를 잡고 말 위로 올라갔다 오른쪽 어깨는 아직 말의 아픔이 머물러 있을 거라는 생각을 했다 나는 말의 사물처럼 위태롭고 조그맣게 말 등에 놓여 있었다

꿈에서라도 다시는 나에게 오지 않을 말이었는데
말에게 말을 걸고 싶었던 건 처음이다

이별은 혼자서 할 수 있는 게 아닌데
우리가 포기한 사랑은 어떤 생물인가

사랑을 포기해도 얼어지는 세상은 없었지
그렇다고 꼬박꼬박 밟고 내려가는 계단 같은 것도 없고

몽골의 애인은 말을 타고 왔다가 말을 타고 떠난다는데 말 등에 실려 눈물을 닦는다는데 말 등에서 눈을 감으면 슬픈 줄 알고 말이 데려다준다는데 그렇게 동행하던 말들은 여태 돌아오지 않고 있다는데 몽골인들은 멀리 있어도 보인다는데 놓친 것 흘린 것 보고 싶으면 언제라도 다 보인다는데

점점 우리는 보이지 않는다
잊었는데 안 보여서 다시 깊게 잊는다

우리는 서로 모르는 사람 모양을 하고 있구나

호모 노마드

— 지도

아브라함은 지도가 없었다

구름은 지도 없는 모든 곳에 떠 있었지
끊임없이 자기 생각을 바꾸며

그날
하루 종일 지도를 들고
묵정밭에 서 있었다

흔들렸다

내가 만들어 낸 지도들과
수레국화 없는 이 커다란 겨울이
한없이 공유되는 저녁

배고픈 자들은
자기 지도를 들고 돌아가
별 아래 잠들었다

꿈속에서
나는 죽도록 사라지고 있었지

어디 갔을까
어디로 갔을까
사람들이 묵정밭에서 사라진 나를 찾고 있었다

2부
Nothing

시계의 아침

가끔 '정의'라는 말
두꺼운 텍스트 속에서 읽는다

내게 시간이 잘 도착하는 시계가 있다
내 것 아닌 감정으로 시계는 가고 있다 나는 그때 일을 시계에게 말하려고 했다
시계의 얼굴이 하얗다 질려 있다

내가 나쁜 손을 잡으면 시계가 죽었다
나를 발견하듯이 깜짝 놀라며 시계를 발견한다

시계를 들여다본다
12시였다

지난 토요일도 시계는 한 번 더 죽었었다
죽음 후, 숫자 1에서 12개의 뼈가 휘어져 있다
숫자 2는 1을 떠안고 까마득한 자전의 길을 떠난다 네가 나였으면 좋겠어, 네가 그냥 너였으면
좋겠어 두 가지 감정의 바늘이 갈 길 가면서 정하지 못

하고 있다

숫자 1과 숫자 2 사이 좁은 허공에서 조금 늦거나 조금 빠른 시간이 웃고 또 웃는다 한때 나는 자주 웃던 무례한 시계를 강변에 버렸다

시계를 고치러 간다

이번 여름에도 슬쩍슬쩍 나를 지나가던 시계의 죽음
죽음이란 말은 어느 지붕 밑에서 우연히 자다가 깨어난 참새처럼 어감이 부스스하다 건물 담벼락에 '정의'라고 쓰고 밑줄까지 긋던 흰민들레 한 송이 같던 제자가 갑자기 떠오른다

가끔 그들의 '정의'는 장미꽃 장면으로 펜스를 넘고 새콤달콤한 체리주스를 찍어 편지를 써 보낸다

선생님, 들립니까 들립니까? 잠깐 시계 안에 있다가 바로 시계 밖으로 나간 이 실종을 친구야, 어찌하니? 그 많은

민들레가 앉을 의자들이 텅텅 비어 있다

거짓말에게서 흰 가루약의 정체가 밝혀진다 해도 꽃 같은 시간 몇 개가 흐린 연필 끝으로 꽃을 그려 준다
나는 그냥 아무 생각 없이 사랑에나 빠질까 봐
6이 9가 되는 무분별한 경우처럼

그가 정의롭다는 말
그가 정오를 사랑한다는 말
너를 만지다 나를 만지고 끝으로 마른 흰 수건 끝을 만진다

이 아침 나는
시계를 찾으러 간다

청춘

촛불을 켜 놓고 뜨거워지는 그곳을 바라본다
사랑하다 지갑을 잃어버린 곳

그때는 왼쪽에
양초 같은 그대가 있었다

어금니에서 자꾸 튀어오르던 물고기 질감이 있었다 이마에 미열이 번지고 벗어 놓은 양말과 무릎과 발목이 서랍에 가득했다 무슨 일이 있어도 무슨 일을 모르고 이유 없이 밤 2시를 넘기던 햇빛 안 드는 방, 사랑이 뻐아파서 무더워서 불타는 양말을 벗고 맨발로 지냈다

어디에도 없던 마리아와 그 많던 지갑 속 반짝이던 적들
어느 낯선 거리에서 내렸나

모르는 일들과 물고기 비린내 가득한 바다
생존자들이 생기고 푸른 이빨이 다시 나는 곳

은하수도 없이 눈과 마음 사이 그 많던 지갑 속의 시간

청춘

파랑색은 연습이야
나는 지나왔고
푸른 서랍을 열고 싶은 나는 거기 없었다

생각의 집

누구의 집이 되는 중이었다
이 집이 집이 아닌 걸 자주 잊는다

이 집은 생각이 파랗고
나는 하얗고
누가 부르면 손을 떨었다
들고 있던 나의 생각이 파삭파삭 부서졌다

이 집은
나같이 그렇지 않은 집
의자와 개가 수북한데 이 집은 왜 움푹 파였을까

생각하는 사람은 의자에 앉는 게 제일 좋지 모든 의자에 벌써 개들이 앉아 버렸네 포메라니안 불도그 몰티즈 도베르만 밤낮없이 개들이 시처럼 내 생각을 차지해 버렸네

너무 크거나 작은 소리로 내 생각을 긁고 울부짖다 개들이 잠들어야 나는 깨어났다

어제 본 생각을 오늘 또 보았다
색과 질감이 달랐다
생각을 구경할 때마다 나는 몇 번씩 태어난다

이 집 사람들은 아무도 생각을 구경하지 않는다

한 생각이 있었지만
그러면 세 사람이 떠난다고 했다

날마다 해가 서쪽에서 붉게 떨어지고
마지막 언덕을 내려갔다

생각이 저 혼자 이렇게 죽을 수도 있어

생각하지 않는 것이
이리도 달다니
이리도 슬프다니
하면서

경이로운 그들의 눈보라 속에서

여기
수서인가 수지인가
만나기로 했다
공터 이 끝에서 저 끝까지
잊어라 잊어라 하면서
눈이 내린다

너는 부추 같은 새파란 애인이 있고
나는 흰 눈이 있다고 말할까 봐

하루 종일 그들을 하얗게 이해하고도 눈이 남아서
눈이 더 온다

눈을 던지다 말고
알약 두 알을 삼킨다
눈 아래서 푹 잠드는 주홍색 캡슐
열 개의 돌보다 그림 없는 미술관보다 더 무거워
요새 자주자주 약이 나를 이기네
하얗다는 생각과 까맣다는 생각이 겹쳐지는 나를 이긴다

오늘은 으르렁거리지 못한다고 말할까 봐

반드시 반드시
만나고 나면 나는 걸어야 한다
잊어라 잊어라 하는 눈을 맞으며

나는 자꾸자꾸 눈보라를 이긴다
그들의 노르웨이 치즈 냄새를 이긴다

나 아니면 그들
팔이 닿지 않는 곳에서
무례한 냄새를 용서할까 봐

눈물은 여기 오지 못해
슬픔을 봐도
나는 척척 눈을 감아 준다

지하철이 도착했나
그들이 땅속에서 올라오고 있다

갑자기 스무 개 이상의 단어들이 으르렁거린다
무엇을 말할까 하고

수선화 감정

꽃꿈이었다
수선화 한 송이가 거실로 들어왔다 슬프네 슬프네 하면서 나를 따라다녔다 슬프다고 나에게 도착하는 것과 슬프다고 나를 버리는 것 사이에 나는 서 있었다

아침, 꽃들에게 물을 주면서 트로트 가수처럼 흰 꽃에게 물었다
새삼스럽게 네가 왜 내 꿈에 나와

꽃꿈을 꾸는 동안 코로나 확진 받고 한 청년이 다섯 시간 만에 죽었다는 뉴스가 시청 앞을 통과하고 반포대교를 건너 거제 저구항에서 첫 배를 타고 소매물도까지 건너가는 동안 이윤설 김희준 시인이 죽고 최정례 시인까지 죽음을 포개는 동안

나는 우두커니 서 있는데
베란다에서 수선화 한 송이가 신나게 피고 있는 거야

죽음은 꽃과 별과 죽은 자들의 변방에서 얼어붙은 채

감쪽같이 살아 있었던 거야

한 번도 붉어 보지 못한 이 흰 꽃이라도 사랑해야지 사랑해야지 하면서 나처럼 물을 주고 나서 죽은 자들 모두는 흡흡거리며 각자 죽음의 언덕을 다시 기어오르고 있었던 거야

공터에서
한 사람의 마음 이쪽과 저쪽을 돌아다니다가
죽음이
익명으로 숨죽이고 있는 나를 찾아내는 거야
등짝에 툭툭 별을 떨어뜨리는 거야

산책을 하다가도
나는 정말 죽었는가? 하고
사람들은 죽음을 꽃처럼 바라보았다

오래오래
이토록 허약하고 목이 메는 부분을 사람이라고 부르며

나는 사람을 쫓아다녔던 거야

아무도 부르지 말고 피자 꽃피자
아침에도 수선화는 그냥 그렇게 피었던 거야
격렬한 신념 같은 거 없이

이런 흰 꽃이 죽어라고 피면 죽음도 그칠 줄 알았나?

뉴스와 창백한 오후와 거친 밤이
마스크를 쓰고 날마다 나에게 팔을 내미는 거야 손을 내미는 거야

꽃꿈은
설렘이 아니고 새파란 공포인 거야

친밀감

점점 사람들을 벗어난다
오히려 짐승에게 친밀감이 생겼다

이수역 모르는 골목에서 만난 검은 개
그 개는 주인이 불러도 오지 않았다
어제
그가 불러도 내가 가지 않았던 것처럼

생각해 보면
그 개는 개가 아니다
그 사람은 사람이 아니다

어제도 내일도 내 것이 아닌 동안
어제도 내일도 개의 것이 안 되는 동안
없던 목줄이 생기고 없었던 자세로 끌려가는 동안
한 줌 털에게 한 줌 재를 섞는 동안

짐승의 신발이 신겨 있었다

우리는 숨을 헐떡이는 동안 친밀감이 생겼다

처음 접시

결혼하고 석 달쯤 지나서
우리는
처음 접시를 깨뜨리고
처음으로
캄캄함을 생각했다
두 가지 이상의 무거운 빵들이 우리를 기다리고 있었다

언제나 사랑은 빵과 다른 중력

식탁 위에서
팔을 힘껏 뻗어도 팔이 닿지 않던 가난
접시에 담긴 빵들이 무거워서
나는
그 단단한 곳
낯선 마루 위에
여러 번 접시를 떨어뜨렸다

손가락을 베고
문을 열고 나와

들판 나무처럼 서 있었다

깨진 접시에서 꺼낸 말들
빵 안에 없었던 사랑의 문장

깨진 접시에도
빵의 손이 달려 있었다

나는
매일매일
노트에다 내 것이 아닌 빵의 이야기를 썼다

그 나무

한 번도 내가 아니었던 그 나무

그 나무에 있었으나 조금도 그 나무가 아니다 그 나무의 영혼도 쓸쓸함도 눈물도 허밍도
모두 내 것이 아니야
그 나무를 시작하는 푸르스름한 언어일 뿐

잎이 아니고 나무가 언어라는 것이
왜 이토록 부드러워
나와 다른 꿈
다른 느낌
다르다는 건 숨을 곳이 많은 곳

젖은 신발을 신겨 주며 잎으로 살라고 했다
젖어 있는 것들의 가장자리는 살이 터지던 금속성

나는 엊그제 그 나무에서 죽고 싶어 혼났네
하필 당신 앞에서 잎인가 하고

모르겠어 정말 모르겠어
그 나무가 삼킨 새들 그 나무로부터 그 나무를 수식하던 바람

우리는 아주 잠깐씩 눈을 마주칠 뿐 안절부절 목숨이었다가 어느 순간 잃어버린 감청색 우울이었다가 마지막으로 뛰어내릴 낭떠러지였다가 그 나무를 흘려보내던 일까지

'누구의 잎으로 산다는 건 죽도록 내가 없는 것
새로운 흙구덩이에 손을 넣는 것'이라고 나는 썼었다

안녕 안녕

무겁게 무겁게 무쇠처럼 떨어지겠어
얼마나 깊은지 모르는 한층 더 깊은 곳으로

'나' 라고 할 것인가?

아주 천천히 손을 씻는다

크고 따뜻했던 손이
때때로 검정색이야
피를 흘리고 가끔 붕대를 감고

봄밤 연인의 손을 잡다가 너무 많이 울어 본 손이
여러 개로 손을 쪼개고 어느 한 조각에 잠긴다

대낮에는 내 손이 아니다
나를 떠난다
나를 이긴다
풋과일처럼 새파랗고 단호하게 다른 손을 잡는다
눈을 감고 있으면 손이 뻐근했다
하루가 꿈틀거렸다
뭔가를 할퀴고 만지다가 깊은 밤에야 돌아왔다
잔을 돌리며 우리는 아무도 그것을 묻지 않았다

한꺼번에 몇 개의 손이 되려 하는 손에게

왜 피가 나느냐고 묻지 않았다
아아, 하얗게 자고 싶어
얼굴 같은 손이 나에게 말했다

Nothing
— 지우개

우리는 꽃 대신 지우개를 들고 만났다
커피를 마시며 둘 중에 하나 하고 있다
지울까 지워질까다

매일매일 지우개가 나를 지나갔다 지우기, 다시 지우기 지우는 것은 무음이지만 쓱쓱 지나가고 나면 나는 산 채로 없어지게 될 거라는 예감, 나를 지키려고 지우개 곁에서 발을 털었다 이 흔들리는 노력

엘리베이터에 붙여 놓은 종이들이 자꾸 바닥으로 떨어졌다 '이 벽은 나와 무관하다' 무관하지만 줄기차게 붙어 있는 노력들 살아서 한 번도 날아간 적 없는 충분히 죽은 종이들이다 버튼을 누르면 지우개가 넘쳐 나는 하루가 허공을 올라갔다

부분부분 지워진 나를 이해하려면 더듬더듬 읽어야 한다 지우개는 어디에도 있다 지우개를 친구로 만들어 쓰는 자들과 함께 책상 위에 있다가 공항에도 가 있고 피레네산맥까지 따라오지만 어제까지 지운 무수한 것들은 나타나

지 않는다 모든 곳에 있다가 모든 것이 되지 않는 나는

자모의 무릎만 남은 이해가 어긋나는 난해한 문장
가끔 악몽을 꾸며 벽에서 미끄러지는 포스티지

사람들이 나를 반도 안 읽고 갔다

Nothing
— 위험한 식사

빵집 위층에 교회가 있다

저 빵 하나로
크게 우는 사람들
교회 안에 있다
빵 따위가
슬픔을 그치게 해서는 안 된다

콘크리트 숲에서 몇 마리 개가 빵을 향해 눈을 뜨고 있다

빵을 지나
몇 개의 계단을 오르면
교회가 있고
빵 하나를 더 먹는다
슬픔 하나를 더 알게 된다
이토록 작아서
이웃에게 주기 전 사라지는 빵

예배 후

위험한 식사가 시작된다
수직과 수평으로 잡아당기다 둥글둥글해진 빵
양들이 빵을 뜯는다
알록달록한 복잡한 무늬로 뒤덮인 빵

돌연 끝내 버리고 아무것도 없어지는 빵
어떤 고요만 남아 있다

Nothing
— 5분

5분이 중요하다

나와 싸우러 올 사람이 있었다 5분 후 그가 온다고 했다 5분이 지나면 나는 그 사람에게 분명 성내야 한다 초침이 깜빡거리며 5분은 온통 날카롭다

모든 흔들림과 정지 사이로 5분이 재깍거리며 걸어가고 있다.

5분에 고구마가 구워지거나 오이가 길어지지 않는다.

그래도 5분 안에 연인은 숨을 거두고 그 병원에선 세 명씩이나 더 죽었다.

5분을 기다리는 동안 TV에선 갓 태어난 어린 말이 비린내 나는 태막을 벗고 아무르 강가를 뛰었다 목마름을 느끼고 물가로 뛰어갔다 불과 세상을 네 발로 디딘 지 5분만의 일이다

5분은 깨지기 전 가장 길었다

숨을 팽팽하게 들이마셨다

그날 나는 성내지 못했다

거짓말을 지나며

이번 여름에도 거짓말이 슬쩍슬쩍 나를 지나갔습니다
달밤이면 더 수런거리는 거짓말들

오후 3시
마트 앞에서 여자들의 입속에 가득 고여 있던
'없다'라는 거짓말

돈이 없다 재미가 없다로 시작해서 생각이 없다 희망이 없다 느낌이 없다 인격이 없다 낯이 없다 격이 없다 염치가 없다 철이 없다 시간이 없다 수준이 없다 핵심이 없다 별일 없다 맘이 없다 기회가 없다 선이 없다 아우라가 없다 무대가 없다 자신이 없다 남편이 없다 내가 없다……

거짓말이에요
있는 것 옆에 고개 푹 숙이고 있는 '없다'는 여전히 소량으로 남아 있잖아요

배고픈 날 여자들은 물을 마시며 거짓말을 했다
거짓말로 뒤덮인 빵을 나누어 먹을 때

'있다'라는 말 얼마든지 고요하구나

거짓말에게서 사랑의 흰 가루약이 밝혀진대도
그들의 혀끝은 동쪽으로 나 있고
아주 잠깐이라도 동쪽을 믿어요

거짓말은 오렌지색
때로는 나직한 뱃고동 소리로 구슬프게 울립니다
흐린 연필 끝으로
꽃을 그리며
나에겐
거짓이 없어요
위험이 없어요라고 코스프레합니다

한여름 밤
여름 마지막 부분에서
뭉게뭉게 지나가는 거짓말
누군가는 거짓 시를 쓰고
누군가는 거짓 잠에서 깨고

누군가는 서쪽으로 거짓 뉴스를 보냅니다

여름에는
동쪽 방향으로 뚫린 창문으로
마음 놓고 거짓말이 드나듭니다
졸졸 흐르다 크게 흘러갑니다
마음들이 움푹움푹 파입니다

Nothing

— 봄에는

봄에 시인은 위험해진다 감정이 생기고 제목도 모르면서 새로운 거짓말이 되고 싶다 겨울 끝에서 내 처음의 꽃이 떼로 몰려온다는 것 꽃이 돌멩이처럼 잊었던 기억을 찍어 내고 무더기 무더기 떼로 몰려온다는 것 꽃은 구름이 가득한 동쪽으로 가는 길이랬어 잘 아는 꽃이었어 알다가도 실금 같은 것 눈동자 같은 것 붉은 벽돌 같은 것 미지근한 어떤 기억과 방향이 생기는 게 그 꽃 같았어 깊은 밤 파랄수록 무수히 돋아나던 별들이 맹렬하게 반짝인다 아무리 그 개처럼 크게 울어도 반짝여지는 이 무한한 뭇별의 고요함은 밤인지 봄인지 꽃인지 무채색 구름인지 죽음인지 대답이 뒤섞인다 봄에 시인은 위험해진다 갑자기 누구의 꽃이 될까 비명이 될까 흐를까 무릎으로 남아 있을까 우르르 일어나는 것을 발로 차 보고 있다

3부
재

뒤로 가는 밤

시인이라면서
오늘 한낮 걸어간 길을 걷고 또 걷고

새벽 세 시를 알리는 오래된 괘종시계 아래서
풀풀 쉰내가 나도록
세 시를 오해하고
무더기로 죽어 나간 언어를 휴지통에 버리고

사각사각 사라지는 것들에게
아무리 성냥불을 그어 대도 시는 돌아오지 않았다

발소리

내가 사랑하는 사람들은 왜 밖에 서 있을까
나의 적막이 그리 무서운가

나는 내가 아니고 사랑이거나 연필이거나 굵은 소금이거나 열차 소리에 깜짝 놀라 작은 죄들이 깨어나는 기도이거나 했다

발소리가 들리면 누워 있다가도 곧바로 일어나 문을 열었다 서 있지 않으면 없는 사람을 생각하며
일기를 썼다

발소리를 기다리는 동안 구름이 지나갔다

소리쳐야 하나? 격렬하게 발소리를 잃어버리는 중이다 러시아 눈 오는 자작나무 숲에 두고 온 코파카바나 해변에 두고 온 자박자박 내가 나에게 걸어오던 발소리, 몇 번 내가 나였던 느낌이 있었다 이제 오래된 지갑을 잃어버린 허전함보다 더 가볍게 나를 잃는다 이 땅엔 낮에도 밤이 오고 있다는 우울한 뉴스가 무서운 이야기처럼 들렸다 캄캄

한 반포대교를 건너 향도 없는 향나무 한 그루 멋쩍게 서 있는 창백한 골목에 차를 세웠다

이 도시는 발소리가 들리지 않는다
모두들 소리 나지 않는 죽은 신발을 신고 소리 없이 걸어간다
불운도 죽음도 죄와 벌도
그렇게
맨발로 걸어서 누구에게로 가는가 보다

내가 자꾸 발소리를 내려 한다
발자국을 지우려고 함박눈을 기다렸다

해바라기밭의 리토르넬로

오래된 아버지의 괘종시계 아래서

그때 그때의 말을 사과하며
소리가 나지 않게 신발을 벗고
왈칵 쏟아지는
기억 몇 때문에
시간은 검은 콩처럼 익었다

아버지와 나
둘만 있어도
아버지라는
그 슬픔 내가 알아
열 가지 이상의 슬픔이 섞여 있지
그 슬픔 곁에 누웠다 온 이야기 쓰려고 불을 켰었죠

아버지는 커다란 해바라기 꽃을 좋아했다
아버지의 해바라기를 달고

꽃이 커요

너무 커요

소리쳤지만
아버지가 늘어진 실을 당기면
내 단추들은 툭툭툭 여러 번 떨어졌다

그때
부대끼다 못한 누군가들은 무더기로 해바라기가 되고
있었는데

나는 채송화 씨를 뿌리고
그 씨가 꽃을 달고
사표를 내고 집으로 오면서 아버지와 해바라기를 의심했지

아버지 옆에 채송화, 채송화 옆에 채송화를 놓았다
채송화를 지나면 또 채송화 계속 채송화만 쏟아져 나올
때 채송화의 실패가 거듭될 때 채송화가
영영 죽지 못할 때
아버지는 갑자기 조용해졌다

죽음은 단추도 채우지 못하고 그냥 지나갔다

그해
죽은 해바라기 옆에 채송화를 심고 히말라야로 갔지

우리는 어디까지 갔다 흘러오는 한 몸인가

새학기가 시작되고
오래된 아버지의 괘종시계는 누군가 정해 놓은 시간을 매번 알렸다

지향성

오늘 추락으로 시작할지 모른다

산을 향해 떠난다
걷다가 사람이 생기면 버린다
시가 핑 돌아도 모르는 체한다
슬프지 않은 건 몇 개나 될까?

용암 한 덩어리 만들어지는 시간
해발 4000미터 넘는 프런트 산맥 파이크스봉에서 나는 차가운 눈을 만졌다
마음을 다하면
기도 냄새가 났다
번쩍거리는 침엽수처럼
붉은 두 손과
발을 닦고 싶어졌다

내가 산에 잘 박히지 않았다
아직 나는 무겁고 어두운가?

어두운 것에서 더 어두운 것을 떼어 내는 것, 어느 시에서 믿음이라고 읽었다

내 가방에서 왈칵 쏟아지는 것 중에
믿음 몇 개 남았을까

때때로 거짓말이 믿음보다 먼저 산에 도착한다

얼굴이 해맑아서 좋아했던 친구는 여러 번 내 돈을 훔치고도 웃었다 등사실에서 시험지를 훔쳐 1등을 찍고 교무실로 불려 가던 어두운 복도에서 친구는 나를 보고 흰 버섯처럼 활짝 또 한 번 웃었다

오래 어두웠던 것들도 웃으면 빛이 나
어두운 세계는 이제 어디로 이동하는가

단체 사진을 찍다가
친구는 울었다

도무지 맞지 않는 여러 개의 이상한 눈물을 우리는 함부로 이해했다

이해하다 말고 친구를 버렸다
눈물이 나서 걷다가 뛴다
아닌 세계로 간다

어디에서 없고
어디에서 파랗고
어디에서 끝없이 흘러
창문만 남아서
창 밖에 늑대만 남아서
밤이 될 때까지
파이크스산 그 산이 타 버리는 꿈을 꾼다 그 꿈 끝에 나온 거짓말

나는 화를 냈지만
친구는 하얘지지 않았다

빈 노트

사흘이나 쉬지 않고 눈이 내렸어요

커다란 건물 앞에서
누가 울어요
나가 보고 싶었죠

암센터 흰 벽이 혼자 눈을 맞고 있었어요
벽은 눈물이 기억나지 않습니다

하지만 사소하지 않아요 흔적 같은 슬픔만으로도

폐를 잘라 내고 후유증으로 손가락을 떨었어요
의사가 그려 보라는 동그라미 그리다 손을 더 떨었죠 연
필은 바닥을 치고 슬퍼서 나는
노트를 찢었어요

당신이 위태로울 때마다 나를 한 장씩 떨구듯
무엇을 찢을 때마다 내가 떨어져 뒹구는 바닥이 있어요
슬플 새 없이 죽을 새 없이 짧고 아프게

빈 노트에요

간병인들은 죽은 자의 이야기를 좋아해요 내 노트를 펴고 죽어 가는 부분에 밑줄을 긋죠 병실 더러운 창문에다 숨을 불고 나는 '죽음'이라고 썼어요 죽음이 생겼고 지우면 죽음도 금세 사라졌어요 유리들의 거짓말이죠 창문 유리를 다 써 버렸어요

통증은
나의 영혼까지 다 덮어 버리는 함박눈의 형식이에요
나는 죽은 나무로 만든 연필만 깎았죠

쓰기도 전에
이렇게 함박눈이 많이 내리는 노트

마음은 북극인가 봐요
페이지마다
알류트인들의 기침 소리가 나요

어제의 숲에서 중얼거렸다

금요일

나는 눈을 맞으며 숲속에 있었다

사람들은 새해라고 동해 바닷가에 있었다
빛이 가득한 해와 아직도 바닷물에 녹지 못하는 어제를 보고 있었다

온통 보이는 것으로 만든
오늘이 너무 커다랗고 까마득하고 숨이 차서 어제 일어난 일들이 녹지 않아서 아무래도 오늘
오늘이 죽을 것 같았다 숲속에서 구름이 목맨 나무를 찾아다녔다

손전등을 켠다
어제가 발견된다

너무 길거나 턱없이 짧았던
어제는 왜 이리 촘촘했지? 눈비가 주룩주룩 새는 더 큰

공백을 만들고 싶었는데

어제의 이야기는 왜 이리 단단했지?
부풀고 싶었던 사랑은 빨간색
사랑에 빠졌던 불가능한 연인은 작년에 찾아보니 딱딱해지는 불구가 되어 있었지

금요일
나는 홀로 있었다
'내가 사라질 때까지 창문을 열자'
마른 풀 냄새 나는 숲에서 중얼거렸다

아무도 없어서
내가 나에게서 내릴 수 있었다

선택

긴 나무다리를 건너다 다리 아래쪽을 바라본다
저편의 말이 들린다

지상은 참 색깔이 많구나
보라와 연두 눈물과 웃음
물에 젖은 말
서로 챙챙 부딪치며 같은 길에 있구나
희미한 어둠 희미한 공기 흐지부지된 사랑 다 그만두고
백색을 선택한다
끝에 눈물이 묻어 있는 흰 수건 한 장을 선택한다
이런 막판에 무슨 은유가 필요해
나를 대신해 흰색 하나 깨어나는 게 신기할 뿐
아는 것도 모르는 것으로 지웠다
질병을 무례하게 덮고 자던 홑이불도
버려도 자꾸 따라오던 꿈도
모두 하얀색이었다
그날
죽은 자 옆을 지키며 앰뷸런스를 타고 갈 때
다른 색들은 없었다

가벼운 것이 무거운 것을 확 덮어 버리던 허연 시트
웅크리고 앉아 울려고 흰 손수건을 선택했다
아마도 울음은 주룩주룩 비였다가 여기로 왔을까
수건마다 젖어 있다
얼마나 외로운지 백색 털이 곱슬거리는 양 한 마리도 선택한다
저편에 있는 죄가 하루 종일 흰색을 선택한다
백색이 저편에 얼마나 잠길지 생각한다

눈물쇼

“울고 싶으면 막판엔 튀어오릅니다 기다리세요”

조런사는 돌고래를 살살 달래면서 고래를 울리고 있었다

‘수족관이 얕은 물이라서 싫은가? 감정 없는 스틱으로
툭툭 친다고 튀어오를
슬픔은 없지’ 나는 속으로 중얼거리고 있었는데

“자, 고래는 지금 준비 중이에요 눈물을 글썽거려요” 조
련사가 사람들을 보며 말했다

잠시 후 돌고래가 허공 높이 튀어올랐다
“엄마 돌고래가 이제 울고 싶은가 봐” 어린 딸이 나에게
말했다
“막판엔 다 울어” 나는 딴 곳을 바라보았다

쇼를 보는 동안 나는 돌고래처럼 여섯 번이나 눈물이 튀
어올랐다
물을 밀며 호숫가로 나왔다

그때 나는 울음을 선택한 돌고래 같았다
막판이었다

꽃을 스치고 죽음을 스치고

꽃은 죽음을 잘 모른다네

꽃들이
그렇듯 피면
죽음조차 빛난다

깊은 밤
이 밤을 다 마시고도 괘종시계는 그 자리에 서 있었지
창문을 열면
거기도 꽃과 죽음이 가득해

이 거리에서
죽음을 스친 꽃들은 모두 누가 가질까

꽃은 죽음을 모른다네

지구 모퉁이마다 죽은 자들 누군지 알 수 없고
몰려다니며 피는 더 아름다운 저 꽃들

꽃은 오늘
피려는 것인가 떨어져 죽음에 스치려는 것인가
바이러스로 희망을 뒤엎는 엔딩
요즘 목숨이 꽃잎처럼 자주 떨어지는데
누가 꽃을 스치는 이 죽음을 해명해 주나

죽어 본 적도 없는데
머나먼 지구 어느 나라의 언어로 죽어 가는 그 나라의 꽃들과 그 나라 사람들 얼굴과
떠오르는 마지막을
나는 알 수 없다네

눈보라 시대

4000미터 파이크스 산봉에서
눈을 만졌네요

눈은
겹
겹
서로 괜찮다고 하면서
꽃처럼 피어 있지 않고 서로 포개 있었지요

친구 때문에
눈과 눈보라를 함부로 이해했어요
하나의 깨끗함은
두 겹이었네요

혹시 하얀 걸 믿어요?

웃음은 수억 개의 눈보라
눈보라는 온몸에
창문만 남았어요 늑대만 남았어요

늑대의 감정으로 울었고요

다 기억하거나 다 버릴 수 없는 기억 중에
나는 어떤 것의 영혼일까? 나에게 물어요

내게서 떨어져 나간 조각들은
파랗게 점점 파랗게
영혼의 무늬를 맘대로 뱅뱅 돌리면서
어디로 이동하나요

눈보라가 사라진 후에도
친구는 검은 눈보라예요

양띠

양들은 왜 눈에 불을 켜지 않을까?

이렇게 부드러우면 찢어지겠죠?

눈이 와

눈은
우리가 아직 고통을 몰랐을 때
그때의 색깔이죠

눈이 올 때만 마주치는 깨끗한 짐승들이 있어요

하양은 보호색

나를 내려놓는 참담한 바닥에
거기서도 보호색이 털처럼 자랍니다
자폐를 그만두고 눈물을 가려 주고 있죠

눈이 올 때

양들은 가슴이 녹는다는 생각을 합니다 가슴은 어디서 녹겠나?

검고 검은 도시를 떠나

눈을 따라 다음 강을 향해 가겠죠

양들이 눈을 감는 밤

사나운 짐승은 불을 켭니다

양 한 마리처럼

이렇게 부드러우면 어디가 찢어지겠죠?

눈이 와

가슴이 필요한 양떼들이

창문을 열었습니다

수요일

수요일엔 슬픈 사람들이 온다
물결도 파문도 없는 이곳으로 온다

스웨터를 짜러 털실을 들고 온다
코바늘이 끝없이 끌어들이는 털실은 그다지 중요하지 않다

밤새 앞니를 갈다가
떠올리게 되고
울게 되고
긴 줄 맨 끝에서
재를 휘날리며
없어진 한 사람

스웨터를 짜다가
울컥 울음을 터뜨린다

코바늘이 삼켜지지 않는 울음이다

수요일 모임이 길어진다
견디기 어려울 때까지 스웨터를 짠다

뜨고 남은 털실 뒤에 놓여 있는 슬픈 재
벌써 수요일이 사라지려 한다

시인은 빵을 떨어뜨릴 수 있다

애인들은 오래오래 사랑의 전부를 기원하지만
언제나 반은 다른 부분
누군가 행복한 사이 어디선가 두 가지 이상의 빵이 기다리고 있다
애인이 죽어도 아침을 먹고 점심을 먹고 커피 한잔 마신다
집요하게 밝아 오는 빵의 부분

반은 반에게 한결같이 붙어 있다
서로 줄 것이 거의 없다

그냥
사랑은
꿈 안에서
꿈 밖으로
쓰러진다

애인들은 오래오래 그 책을 잊은 적이 없다
모든 페이지를 다 읽어 버리고 싶은 책

애인들은 거침없이 달린다
빵이 달리는 반대 방향으로

시인은 그 빵을 떨어뜨릴 수 있다

어제의 개천

개천에서 용이 나오는 일

옛날에는 볼품없는 개천 수초 속에도 가만가만 잠든 용의 알이 있었다

이쪽에서 저쪽으로 건너가려는 커다란 발을 가진 어린 용이 살고 있었다
너무 오랫동안 개천에 있었다는 공포와 냄새를 가지고

너무 깜깜해서

발인지 영혼인지 모르고 아무 데나 발을 뻗었다

먼 길과 돌벽은 돌아서 갔다

개천에 있던 어제의 알은 용이 되었다

"어제가 다 닮아서 용이 되는 게 아니잖아 어제가 무너져야 오늘이 되는 게 아니잖아 우리는 자를 수 없는 어제

의 나무와 같이 살고 있잖아 어제 만난 사람들과 끔찍하게 싸우고 있잖아 오늘도 결국 상해서 어둡잖아 어제는 오늘을 살아 본 적 없잖아 어제는 불타지 않잖아 개천을 메우고 무너뜨릴 때 우리는 동동거릴 발목이 없잖아 우리는 정수리에서 원하지도 않은 냄새가 나잖아 매일매일 뼈를 구부리고 꿈은 아직도 모기 알 무덤 속에 있잖아 그래도 무더기무더기 들꽃이 피던 더럽게 아름다운 지옥이 있잖아"

용이 된 자들은 죽어서

미래의 화석이 될까요

크로커스 꽃으로

강가를 걸어갑니다
여름 내내 서쪽을 생각했습니다
서쪽 끝으로 가면 언덕의 쑥처럼 나는 흔해져 있을 거야

내 머리 위엔 구름 말고 무언가 항상 있었지요 모자를 벗으면 영혼을 벗은 것 같고 다시 고쳐 쓰면 무언가가 쏟아질 것 같은 느낌 검정개는 알고 있을 것 같아요 흡흡 비밀스런 냄새를 맡으며 나의 페이지 어디에도 그 개는 있었으니까

언젠가 그 개는 너를 위험에 빠뜨릴걸
절망보다 더 까맣게
친구가 말했습니다

다시 모자를 고쳐 쓰고 강가를 산책합니다
크로커스 꽃은 때로 피고
털이 검은 검정개가 생각납니다
어디까지 개일까?

개들은 사람의 어디를 가장 오래 기억할까
기억하지 마라
이렇게 사람이 많이 들어 있는
이렇게 숨겨진 벌레와 꽃이 많은
이런 개라면
그림자 좀 봐 봐 사람일 거야

밤에는 따뜻한 흰 이불을 덮고도 잠들지 못합니다
사랑의 처음은 크로커스일까 개일까 사과 한 알일까 뱀일까 이런 잠에서 자꾸 깨어납니다

꽃 앞에 강물은 푸르게 출렁거립니다
검정개를 데려오지 마

사람도 개도 쫓아가면 멀어졌습니다
멀어지자 자꾸 멀어지자

크로커스 꽃 구경을 하다 검정색 개털을 달고 밤늦게 돌아왔어요

오늘 4킬로미터를 더 걸었습니다

크로커스 꽃은 개가 안 돼요 검정이 안 돼요
언젠가 시 대신 이 꽃을 그릴 것 같아요

4부
끝

끝

1

감자들은 모두 지하로 내려갔다 뾰족뾰족한 지상의 끝을 피해서 여름과 꽃이 뒤엉킨 날 감자는 재를 뒤집어쓰고 어느 수요일에 감자가 되었다 청무밭 끝에서 오빠가 휘파람을 불고 있는 동안 감자 위를 뛰어다니던 그 개는 어느 끝으로 갔나? 감자 같은 생각을 가지고 감자의 등을 바라보며 나는 바구니를 들고 서 있다 생각을 깨버린 흰 달걀 껍질처럼 감자는 여름 내내 나의 팔을 잡아당겼다 땅을 파면 불쑥 나오는 생각이 되자고 그 여름 감자 몇 개는 뒤척이면서 여러 개의 눈이 생기고 그 개는 돌아오지 않았다

2

개심사로 꽃구경을 갔다 죽을 때도 홑치마 걸치지 않고 겹겹이 꽃잎이 죽으러 나오는 겹백일홍 탈탈 털어버린 궁핍한 나의 끝은 단 하루도 붉지 못하고 늘 덜마른 눈물색으로 발견되는데 백일홍은 겹겹 산을 적시고도 진분홍이 남았다 개미들이 이응같이 생긴 둥근 빵을 물고 돌아오는 저녁 분홍 꽃잎들이 개미들이 나를 함부로 건너 다녔다 가장 자유롭게, 발견해 주기를 바라면서 새끼 개미가 물어도

내 피는 엉겨 있었지 어젯밤 사람들이 꾹꾹 밟고 지나간 자국을 보다가 발자국이 되었던 발등은 무겁다가 슬퍼지는 통증의 재고로 두툼하다 그에게 끝, 끝 하고 외치고 돌아온 밤 머리에 샴푸를 얹고 끝없이 물을 뿌렸다 거품과 거품 사이 끝과 끝 사이 물과 물이 닿고 끝과 끝이 섞이다 물은 사라지고 다시 끝만 남았다 불이 꺼지지도 켜지지도 않는 거실에서 쿰쿰한 냄새가 났다 긴 밤 가득 내가 끌어들인 끝이 흰 알들을 낳고 있었다

허공에서

비행기에서 내려다보니 사과와 바다가 함께 보인다
아마도 붉은 사과 한 알 저 바다에 던진다 해도 빙글빙글 돌다가 섞이지 못할 것이다
다 익지 않았다고 돌려보낼 것이다
붉다고 뱉어 버릴 것이다
모든 이야기 중에 하나쯤은 들어줄 것 같은 물고기 한 가족이 아가미를 경쾌하게 벌렁거리며
안 보이는 곳에서 꼬리를 저을 것이다

고백하고 싶은 마음이 생긴다
모든 끝은 끝도 아니라는 마음도 생겨
무거운 역사나 떫은 감정 하나 물 밖으로 못 나올 것 같아

붉은 램프를 들고 노을이 저기서 오고 있다

허공에서

과수원집 아저씨는 웃기만 해도 사과가 열린다고 했다 사과 사이를 오가며 그저 많이 웃었을 뿐이라고 했다 열리는 사과를 웃기지 않고 그대로 두면 사과들끼리 비밀이 생기고 비밀 몇 개 이상 방치하면 사과 사이사이 눈물이 생긴다고 했다 어느 해 사과의 반이 썩어 나가고 아저씨는 사과 앞에서 펑펑 울었는데 웃었다는 헛소문이 돌았다 아저씨는 어쩔 수 없어서 웃는 사과가 되기로 했다 울고 싶은 사과와 함께 키득키득 웃다가 잠들기로 했다 사과가 잠드는 데는 슬픔이 필요하다 슬픔이 종종 말처럼 뛰어와 죽도록 곁에 있어 주는 동안 사과는 붉게 익었다

그 여름 우리는
붉은 사과 한 개처럼 과도 아래 있었다
잠들지 못했다

공을 이해하기

그해
죽음의 폭풍 드리블이 있었다
죽어서도 눕고 싶지 않은 공이 있었지

구석에서 찢어진 부분을 오래 바라보았더니
언젠가의 그의 주검처럼 보였다

입관할 때
둥근 공 하나 넣어 주고 싶었다

공에겐 감을 눈이 없었지

공은
할 말이 있을 때
눈을 크게 뜨고
가장 둥글었다

슬픔보다 슬픔을 더 걱정했지

죽음이
별이 스쳐 간 자리라고
눈이 없어지는 장면이라고
죽음을 이해하는 나의 이런 방식

죽음을 믿거나 자주 의심하면서
함부로 이해했다

운동장을 포기하고 아무 데나 드러눕는 것이
어떻게 공인지
마지막으로 이상한 죽음을 이해했다

저 혼자 사과가 익는 것처럼
저 혼자 넓고 넓은 운동장
풀쩍 함부로 공을 지나간 마른 흙까지 이해했다

검정 겨울에 허옇게 공이 멈춰 서는 곳
그곳이 어디든

우리의 우울을 합치면서
공은 거대한 캔버스를 지나 무저갱으로 들어갔다

단추들이 열리고 무엇이 사소하게 사라지는 것이라고
죽음을 그렇게 이해할 수 없었다

남편은 산 바깥으로 공을 넘기고 있었다
나는 죽음을 왜 자꾸 산맥이라 부르고 싶은가?

줄무늬

쪼가*는 나를 아가씨라고 불렀다
마치 속삭이는 말처럼 들렸다
도트무늬 블라우스를 입은 것처럼 어감에 내려앉는 물방울들
물방울을 다 맞추면 유년의 어떤 중력이 느껴졌다

쪼가는 매일 조금씩 슬프고 조금씩 기쁜 듯했다
약간이 가능한 마음을 가졌다

쪼가가 갑자기 집을 나갔을 때 엄마가 말했다
모두들 빨리 잊도록 해라

먼 데로 가도 먼 각도로 어긋나도 밤에도 잘 안 깨지는 줄무늬가 가족이라는 생각과 허공에 줄무늬를 그리고 돌아서서 그걸 믿고 오래 바라보면 줄무늬가 생긴다는 생각 사이에 쪼가가 있었다

우리로 조성된 숲에서 우리는 가끔 짐을 싸던 쪼가를 생각했다

아버지가 임종하던 날 성모병원에서 숨어서 울고 있던 쪼가와 그 아들을 보았다

쪼가라는 말, 아가씨라는 말 속에 속아 넘어가던 슬픔에 대해 어떤 사랑과 해석에 대해 출산과 죽음에 대해 오해와 애매한 실수들에 대해 그렇게 두툼해서 안 깨질거라는 줄무늬에 대해 엉망으로 터지는 대답처럼 부서져 날아가던 가루처럼 가짜 같은 이야기만 우리에게 오래 남아 있다

우리 모르게 마구 깨지고 있던 줄무늬
우리만 검고 어두웠다

* 행동이 천박하고 경망스러운. 그런 사람을 비하하는 말.

무음의 밤

당신의 사랑은 소리가 안 나
무음에서 나는 무쇠 냄새
무음으로 진열되어 있는 시간은 달려오다 사라지거나 죽어 버리는 것들이 있어요

오늘은 당신을 만나러 가려 한다
어쩌나 나는 어제까지 자갈밭 근처에 살던 사람 그리워하는 만큼 나는 자갈 구르는 소리가 나는데
소리는
나일까 적일까
무음의 소매를 잡아당기다 슬픔은 엎어졌다
오랫동안 자갈은 조금씩 깨지고 어쩔 수 없이 소리가 없어지고

당신 옆을 지날 때
무음은 꿈이라 생각하자

당신은 자갈밭도 풀밭처럼 걸어온다
조금도 흔들리지 않는 무음으로

다

걷고 나면 가슴이 더 두꺼워지는

당신의 사랑은 곧 큰 무쇠가 될 겁니다

수없이 주고받은 무쇠 냄새

별 없는 밤

풀이 안 보이는 밤

무쇠에다 등을 기대면

누가 더 슬픈가

얼굴

감정적으로
그 얼굴이 좋았다
나는 몇 살 때 그 얼굴을 버렸을까?

걸어가다
간혹
주머니에 가득 얼굴을 채우고
속아 달라고 청했을 때
얼굴은
도망갔고
도망갔다
다른 얼굴 밑창으로

얼굴이 없어서
나는 무엇을 파묻고 울어야 하나

나는 몇 살 때
그 얼굴을 버렸을까
간혹

버린 것이 녹으면 내가 되었다

슬픈 날은 얼굴 없이 다녔다

몇 마리의 새들이 날아가면서 울었다
허공에 얼굴을 파묻고 고통을 버리러 가는 새들

그 얼굴이 좋았다

빈 손

하나님은 모처럼 옆에 있는데
나는 둥근 무릎이 없고 긴 머리털이 없고 향유가 동이 난 여자

마리아가 꿈처럼 옥합을 깨뜨릴 때
나는 1데나리온*을 위해 강의하러 갔지
주머니 단팥빵은 얼고
눈보라가 쏟아졌다

텅 빈 겨울
아무나 그런 눈보라 꿈을 꾸나

나의 기름은
꿈이 없나 봐
나의 빵은 언제 향유가 되나

저기 지나가는 여자들 모두 향유가 넘쳐
여름에 앞치마 가득 꺾어 둔 나드 꽃
꽃이 넘쳐

마리아는 데나리온을 셀 줄 몰라. 300데나리온을 그냥 흘려보내. 흐르다 옥합을 깨뜨리고 다 흐르고 나니 나드 꽃은 눈물이 되었지.

호를 수 없어 빈 손 문지르며 저기 길에 서 있는 여자
함박눈이 쏟아졌지

빵은 주머니에서 고드름처럼 얼어붙고
자꾸 목이 메었다

향유보다 눈물이 먼저네
나는

* 마리아가 예수의 발에 부은 나드 향유의 가격을 당시 화폐로 환산한 가치. 1데나리온은 건강한 남자가 하루 종일 일하고 받는 임금임.

사랑의 불확실

수요일, 눈이 오고 있었다. 당신에게 말을 걸 때마다 세상이 하얘졌다. 벌써 세상이 하얘지면 안되는데 이 깊은 곳 아래 아직 죄가 지나가고 죽음이 지나가고 붙들지 않은 연인이 지나가고 자꾸 눈물이 나는데 눈이 오면 우리는 흰 눈 앞에서 꼭 후회하더라. 불확실해서 불붙지 않고 녹는 후회는 얼마나 미끄러운 길인지 나는 이런 눈송이 모양의 얼음 칸 하나를 만들었지. 뭉개진 케이크처럼 따뜻한 부분을 세상이 많이 먹을수록 우리는 덜컥 녹지 못하는 얼음 한 칸이 된다. 우리는 아직 눈을 받을 깨끗한 접시가 없어 사랑의 엔딩이라면 무엇을 적실까? 나를 지우고 당신을 다시 쓰면서 뒷모습을 자주 잃어버리자. 미안해 따뜻한 도넛 같은 손목 두 개 이별 후에도 여테 여기 살아 있다. 가느다란 그 손목으로 한 칸의 얼음을 녹이자. 당신이 대답해야 할 날, 꼭 날이 흐리고 눈이 오더라 도시는 춥고 결국 눈은 아름답지만 녹으면 오늘도 울음이 된다 겨울밤 흰 개처럼 마른 풀들이 엎드리면 나는 아직도 눈물이 나. 우리는 머나먼 반대편에서 계속 미끄러지고 계속 슬프니까 얼음 칸이 되었지. 불확실한 채로 얼어 버린 우리의 눈물 위에 싸르락 별빛 하나 녹았지

2020년

노아를 알지 못하는 자들이 모여 방주를 지었다
고페르 나무로 지었다
이 방주에 노아가 없다
정결한 짐승 암수 일곱 마리가 없다
지저귀는 새도 사랑스런 동물들도 없다
한 쌍씩 실었던 생명체들도 없다
깃발도 꽂지 못했다
서로 다른 구원을 꿈꾸는 동안
방주는 아라라트산에 걸려 있다
이 불온과 저 불온이 목까지 차올라서
물고기도 없이
어떤 말도 없이
어떤 기록도 없이
물로 가득 찬 출렁거리는 감정만으로
우리는 서로 겁 없이 말했다
여기가 구원이라고
방주라고
120년 동안 만들었다고

두부

두부를 만나러 갔다
구름도 바람도 없는 곳
시간의 저편에서 뭉클한 기억이 독한 간수액에 엉기는 곳
요양사들은 그들의 뇌를 두부라고 불렀다
두부가 부서지자 슬픔이 없어졌나?
친구가 구석에서 미역처럼 웃고 있었다
녹다 그만둔 얼음의 웃음

가짜 같은 두부 한 모와 마주 앉았다
지탱할 만한 것이 없다
모습 안에 사람이 없어서
두부만 수북해서
사물처럼 보였다

그날 저녁
우리는 두부 한 모가 없어졌다는 소식을 들었다
우리는 모두
부서지는 두부와 비껴가는 사람들
밤새 보이지 않는 선을 그었다

추운 밤의 바깥에서 두부가 얼고 있었다

한 사람

저녁에 함박눈이 내렸다
자꾸자꾸 묻고 싶은 가득한 물음과 물음들을 덮어 간다
펑펑 울다 하얘지는 미약한 나무들

나는 등불을 켜지 않는다
문득 한 사람이 자꾸만 옆으로 삐져나오는 식탁을 처음으로 이해했다
훌쩍이면서 한쪽이 짧았던 젓가락과 스푼을 놓는다
내 캄캄함을 담았던
조그맣게 줄어든 스프 접시도 놓는다
아무 데 앉아도
빵들의 대화에 팔이 닿았다
여기 있던 한 사람이 죽은 적 있다
숨을 참아도 돌아오지 않던 것들
죽었는데 살고 있다
눈이 들판에서 긴 풀을 덮고 하얗게 가려 줘도
꽃들은 울지 못했다
제일 슬픈 식탁 앞에서 나처럼 눈물을 구부리고 있다
우리 몸 어디에 있는 슬픈 색깔

그런 빛으로 눈이 쌓인다
작고 없는 것들의 식사가 시작된다

자장가

러시아에서 마지막날
밤중에 대낮이 쏟아지는 거리를 쏘다녔다

한 노래가 생각났다
자장 자장
나더러 자라는 것이네
울고 싶은데
자장 자장
이응의 부드러운 소리를 내며
어머니는 자라고 했지
잠들어야 해 그래야 슬픈 세상이 사라져
사라지지 말고 별이 될까?
사랑에 빠지는 한 자세처럼

그 한 노래
그토록 그토록 붉고 샛노랗고 새파랗게 눈을 뜨는 노래

리테이니 다리를 건널 때
커다란 별빛 하나가 고장났다

보라색으로 흐르고 흐르던 네바강 위에서
다리 열두 개가 열리고 한 번의 큰 소리가 났다
강물을 덮으려 애쓰지 않는 무거운 소리
자장 자장

백야의 바닥은 검고
파수꾼은 없었다

어머니

어떠한 재료를 넣고 휘저어도

어머니는 웃었다

죽은 후에도 죽었다는 사실을 까맣게 잊었다

시 잘 쓰고 있느냐고 묻고 다시 죽었다

언제나

살아 있는 여자들의 들풀 냄새가 났다

불편한 여자

내가 불편한 여자라는 것
사소하지 않다

내 책은
첫 페이지부터 불편해서 늘 문고 좌판 가장자리에 있었다 나는 불편한 나를 결코 낫게 할 수 없다

불편은 참 여러 곳에서 나를 향해 걸어오는 것 같다
왼쪽에도 있고 오른쪽에도 신발마다 가득가득 맨살로 들어 있다

영혼과 옷 사이의 여백이 싫어서 내 영혼은 속옷조차 걸치지 못한 맨살, 맨살이 개중에 또 불편해서 내 가슴 팔 다리 빈 얼굴, 불편하다고 목말라 죽는 내 방 마른 꽃다발까지 맨살로 지냈다

가장 불편했던 사랑 이별,
굳은 식빵을 먹고 풀어지는 일처럼 불편한 페이지가 왜 자꾸 미래에도 생겨날 것 같은가? 사랑을

부풀린다고 얼마나 그것이 커질까

신부님이 오른 손으로 커피를 마시는 사이 나는 그의 왼손을 바라본다 왼손은 어쩔 줄 모르다가 가만히 있어 준다

나무는 밤새 가만히 있었지만 아침에 보니 불편했던 꽃잎들은 다 떨어져 죽었다

재

어제들은 희미해지고 재가 날린다
재는 죽어 본 경험이 있다

그중 한 번은 사람이었다는 듯이
보도 위를 날아다닌다

오렌지 몇 개를 더 먹을 때까지
아직은 길고 푸른 주머니에 재 말고 꽃을 꽂고 걸을 테다

한겨울이었다
양말에 슈트에 노트에 재가 앉을까 봐 창문을 닫고 마스크를 썼다
거울을 본다
재가 되기 전 생명체는 끔찍해
사람이 재가 된다는 모멸감은 더 끔찍해

나는 겨울을 제일 사랑했다
겨울은 무겁고 아무것도 상하지 않았다

쓸고 닦고 하루에 몇 번씩 바닥을 치워도
어머니는 깊은 겨울 안방에 가득했다
누가 어머니의 재를 마지막으로 치우고 나왔는지 기억이 안 나지만 어머니는 여전히 생존 중이다

어디 갔다 왔는지 모르게 다시 겨울이 오고
나는 여전히 죽기 전 규칙들을 지키느라 바쁘다

사람들은 아무렇게나 땅을 차지했지만
나는 반짝이는 적들 앞에서
누군가 떨어뜨린 동전 한 닢조차 줍지 않았다

■ 작품 해설 ■

시공(時空)의 바깥, 무의식의 심연과 더 큰 사랑
— 최문자 시 의식의 지향성

오형엽(문학평론가)

1 미학적 특이성, 구조화 원리, 풍크튬

시력(詩歷) 40년에 달하는 최문자 시인의 일관된 시적 지향성은 사랑의 경험을 그 본질에 대한 인식으로 진전시키며 존재론적 성찰에까지 도달하는 탐구의 여정이다. 이 시적 지향성의 첫 자리에 놓인 '사랑'은 여러 측면에서 최문자 시의 미학적 특이성을 파생시키는 원초적 동인(動因)이다. 우선 최문자 시에서 사랑의 대상은 이성(異性)이라는 개인적 층위에서 출발하여 가족적·공동체적 층위를 거쳐 신(神)이라는 종교적 층위로까지 시적 원주를 넓히며 상승한다. 다음으로 최문자 시에서 사랑의 양태는 대상과의 충만한 합일이 아니라 상실하거나 훼손된 관계에 대한 회상이나 회한(悔恨)으로 점철되어 있다. 이 두 가지 특이성은 최문자 시에서 사랑의 상실과 좌절에서 촉발되는 상처와 고통이 사랑의 본질에 대한 인식을 통해 존재론적 성찰에까지 나아가는 탐구의 원동력으로 작용함을 암시한다.

최문자 시에서 '사랑-상실-회상-성찰'로 이어지는 시 의식의 내적 진행 과정은 시의 구조화 원리로도 작용한다. 가장 먼저 이 구조화 원리는 시적 시간의 층위에서 한 작품에 '과거의 원인', '현재의 결과', '미래적 예감'이라는 세 가지 시간성이 상호 중첩하거나 충돌하는 특이한 시간 구조를 생성시킨다. 최문자는 세 가지 시간성의 중첩이나 충돌을 시점의 변화를 통해 다양하게 변주함으로써 개별 시의 개성을 확보하는 동시에 전체적 의미 구조의 통일성을 유지하는 독창적인 방법론을 확보한다. 다음으로 이 구조화 원리는 시적 사건의 층위에서 사랑하는 대상의 상실 혹은 사랑의 불가능성이라는 기본 항수를 발생시켜 '멜랑콜리'라는 감응을 미적 특이성의 토대를 마련한다. 상실한 사랑 대상과의 나르시시즘적 동일시가 과거에 대한 끝없는 회상이나 회한을 낳는 원인으로 작용한다. 더 나아가 시적 주체의 사랑은 대상의 상실을 노래함으로써 오히려 그것을 소유하려는 '멜랑콜리'의 역설적 양상에까지 도달한다. 다시 말해, 최문자의 시는 사랑하는 대상의 상실과 부재를 상처와 불행의 언어로 노래함으로써 사랑과 그 대상을 소유하면서 영원의 차원으로 승격시키는 것이다.

최문자의 시는 첫 시집 『귀 안에 슬픈 말 있네』에서 일곱 번째 시집 『파의 목소리』에 이르기까지 이러한 미학적 특이성과 구조화 원리를 견지하면서 지속적으로 심화시켜 왔다. 그 연장선에서 여덟 번째 시집 『우리가 훔친 것들이 만발한다』에서부터 '죽음'이라는 시적 사건이나 아우라가 새로운 흐름을 이루면서 등장한다. 최문자의 아홉 번째 시집인 『해바라기밭의 리토르넬로』는 '죽음'의 사건이나 아우라가 더 강한 강도와 높은 밀도를 가지고 등장하면서 공허와 허무의 심연을 형성하게 된다. 이번 시집에서 '죽음'은 '사랑-상실-회상-성찰'로 이어지는 기존 시 의식의 내적 진행 과정에 개입하여 중요한 지각 변동을 일으키고 공허와 허무의 심연 속에 복잡다기한 흐름을 열어나간다. 필자는 이번 시집의 새로운 흐름을 포착하기 위해 시집 전체의 의미 구조 및 방법론을 농축하고 있는 작품들을 집중적으로 분석하여 최문자 시의 미학적 특이성과 구조화 원리를 재고찰하고자 한다. 이 고찰을 진행하는 과정에서 시적 풍크툼*에도 주목하는데, 필자의 무의식을 찌르며 상처를 입히는 우연하고 돌발적인 이미지를 통해 최문자 시의 숨은 비밀을 이해하는 지름길을 열어 보려는 것이다. 이러한 풍크툼에 해당하는 시어로는 시적 상황의 층위에서 '익는다'라는 양태 서술어, 시적 주체의 층위에서 '못'이라는 내면적 정신 이미지, '발'이라는 신체 기관 이미지, 시간의 층위에서 '시간의 바깥' 이미지, 공간의 층위에서 '공간의 바깥'

이미지, 시적 주체와 동일시되는 동물의 층위에서 '말' 이미지 등을 들 수 있다.

2 슬픔을 숙성시키는 죽음, 시선과 응시의 복화술적 발화

최문자의 아홉 번째 시집인 『해바라기밭의 리토르넬로』의 새로운 흐름을 포착하여 미학적 특이성과 구조화 원리를 재고찰하기 위해 다음 작품을 의미론적 차원과 어법적 차원에서 집중적으로 분석하기로 하자.

토마토가 익는 동안
누가 나를 보았다고 한다

7년 전
토마토는 몇 번

* 롤랑 바르트가 사진의 이미지 유형으로 제시한 '풍크툼'은 여러 사람에게 관습적이고 일반적으로 공유되는 이미지인 '스투디움'과 구별하여 다른 사람의 경험으로 치환될 수 없는 고유하고 특이한 이미지로서 쉽게 이해하기 힘든 불가사의하고 수수께끼 같은 이미지이다. 원래 풍크툼은 라틴어로 날카롭고 뾰족한 물체에 찔려 생긴 상처를 의미한다. 바르트는 사진의 이미지 중에서 보는 이의 무의식을 찌르며 상처를 입히는 이미지를 주목하고, 이 우연하고 돌발적인 이미지가 바로 작품 세계의 숨은 비밀을 이해하는 지름길이라고 생각한다. 롤랑 바르트, 조광희·함정식 옮김, 『카메라 루시다—사진에 관한 노트』(열화당, 1998), 34~70쪽 참고.

나는 한 번 더 익었다

익다가 죽기도 하는구나

몇 개 죽고나서
나는 몇 개로 보일까?

내 몸에 몇 개의 점이 더 생겼고
이후로도 컴컴할 몇 개의 방이 비어 있고
몇 개의 주머니에 비누거품 같은 결심
늘 견디지 못하고 세상으로 나오는 굽은 못 몇 개를 본 사람들이 있다

몇 개의 내 못들은 모두 나선형
위로 오를수록 어깨 너머로 꽃잎이 없어지고 결심 몇 개 따라가 죽고

토마토가 익는 동안
다른 토마토가 열리지 않는 동안

연필 몇 개 하얗게 깎아 주고 있다

토마토가 익는 사이로

얼마만큼씩 빛은 없어지는 걸까

여름은 이미
다른 곳에서 어떤 생을 사랑하고 있다

누가 나에게서
익지 못하는
푸른 토마토 몇 개 보았다고 한다

—「몇 개의 발화」

이 시는 '1부 호모 노마드'의 첫머리에 놓인 작품으로 시집 전체의 서시(序詩)에 해당한다. 따라서 이 시는 이번 시집의 전체적인 의미 구조와 형상화 방식을 함축하는 작품이라고 볼 수 있다. 이러한 관점 하에 이 시를 의미론적 차원과 어법적 차원으로 나누어 분석해 보자. 먼저 의미론적 차원의 분석은 시상의 전개에 따라 전반부(1~3연), 중반부(4~6연), 후반부(7~11연)로 진행할 수 있다. 전체적인 의미 맥락은 '토마토의 익음-나의 익음-익다가 죽음'(전반부), '죽음 이후 몸의 관찰-빈 방과 거품 같은 결심-굽은 못-결심의 죽음'(중반부), '연필을 깎아줌-빛이 없어짐-익지 못하는 토마토'(후반부)로 전개된다. 이러한 시상 전개에서 중심축을 이루는 사건은 "죽음"이지만 필자는 '익음'이라는 시어에서 풍크툼을 느낀다. 그리고 시상 전개에서 초점을 형성하는 이미지는 "토마토", "점", "방", "결심", "꽃잎", "연필", "빛" 등이지만 필자는 "못"이라는 시어에서 풍크튬을 느낀다.

전반부는 이 시의 핵심적 사건으로 '죽음'을 제시한다. '죽음'은 이번 시집 전체에서 주조를 이루는 중심 사건인데, 그 내적 속성을 파악하기 위해서는 3연의 "익다가 죽기도 하는구나"라는 문장을 주목해야 한다. 최문자 시에서 '죽음'은 '생명의 소멸'이라는 일반적이고 상식적인 의미가 아니라 '숙성의 누적 과정'으로서 '농축의 결과'라는 내밀한 의미를 가진다. 2연에서 "토마토는 몇 번/ 나는 한 번 더 익었다"라는 문장은 숙성이 일회적 사건이 아니라 여러 차례 반복되는 사건이고 그 누적 과정에서 농축되면서 궁극적으로 "죽음"에 이른다는 점을 암시한다. 그렇다면 화자의 입장에서 무엇이 "익다가 죽기도 하는" 것일까? 필자는 이것이 작품에 표면화되지 않았지만 '슬픔과 고통'이라고 해석하고자 한다. 결국 이 시의 전반부는 슬픔과 고통이 숙성되고 누적되는 과정에서 농축되어 죽음에 이르는 과정을 진술하는데, 이 과정 전체가 최문자 시인이 지향하는 '사랑'의 정체이자 본질이라고 간주할 수 있을 것이다.

중반부의 시상 전개는 몇 번의 죽음 이후 상황을 묘사한다. 화자는 "몇 개 죽고" 난 이후의 자신을 관찰하고 "몇 개의 점", "몇 개의" "비어 있"는 "방", "몇 개의 주머니에 비누거품 같은 결심"을 발견한다. 그리고 "늘 견디지 못하고 세상으로 나오는 굽은 못 몇 개"를 제시한다. 여기서 "점"은 상처와 얼룩, "비어 있"는 "방"은 공허와 허무, "비누거품 같은 결심"은 헛된 의지와 각오를 상징하는 스투디움에 해당하지만, "굽은 못 몇 개"는 이러한 세 가지 상황을 경험하는 과정에서 화자의 무의식 내부에 생성되는 결정체(結晶體)로서 풍크툼에 해당한다. 다시 말해 "못"은 최문자 시에서 사랑의 슬픔과 고통이 숙성되고 누적되는 과정에서 농축되어 죽음에 도달한 이후에 상처와 얼룩, 공허와 허무, 헛된 의지와 각오 등이 생성되는 과정에서 응축된 결과물인 것이다. 이러한 속성을 가지는 "못"이 "나선형"이라는 점은 최문자의 시에서 '사랑-슬픔과 고통-숙성-죽음-상처와 얼룩-공허와 허무-헛된 의지와 각오'의 내밀한 전개과정이 순환적 반복을 통해 진행되면서 원주를 넓히며 확장되는 동시에 강도와 밀도가 강화됨을 암시한다.

후반부의 시상 전개는 다시 "토마토가 익는 동안" 진행되는 사건과 상황 들을 제시한다. 죽음 이후의 결정체인 화자의 "못"이 "나선형"이므로 '사랑-슬픔과 고통-숙성-죽음-상처와 얼룩-공허와 허무-헛된 의지와 각오'의 전개과정이 반복되면서 전반부의 시작 구문인 "토마토가 익는 동안"으로 순환한다. 그러나 동일한 반복이 아니라 차이를 동반하는 반복으로서 "다른 토마토가 열리지 않는" 상황, "연필 몇 개 하얗게 깎아 주고 있"는 상황, "토마토가 익는 사이로" "빛"이 "없어지는" 상황이 제시된다. "다른 토마토가 열리지 않는 동안"은 "익는" "토마토"와 화자가 동일시되면서 단독자로서 화자의 처지가 암시되는데, "연필"을 "하얗게 깎아 주"는 모습은 앞에서 제시된 모든 상황을 시 쓰기로 승화시키는 화자의 모습을 연상시킨다. 그럼에도 불구하고 "토마토가 익는 사이로" "빛"이 "없어지"고 "여름은 이미/ 다른 곳에서 어떤 생을 사랑하"며 "익지 못하는/ 푸른 토마토 몇 개"가 제시되는 등 죽음을 통과한 사랑의 슬픔과 고통은 소멸, 결별, 불모 등의 비극적 양상으로 전개되고 있다.

다음으로 어법적 차원의 분석을 시도해 보자. 앞에서 시도한 의미론적 차원의 분석이 표면적 시 해석의 영역에 머물렀다면, 이 어법적 차원의 분석은 화자의 시선뿐만 아니라 숨은 시선을 포착하여 다층적인 시적 진술의 정체를 규명함으로써 표면적 시 해석을 수정 보완하거나 실재의 의미에 근접할 수 있는 근거를 제공한다. 인용한 시에서 표면적 화자는 "나"로 등장하지만 복수의 시적 시선이 개입하여 복화술적인 발화를 전개시킨다. 복수의 시적 시선과 다층적인 진술은 그 간격과 균열을 통해 다성(多聲)성의 풍부한 의미 맥락을 형성하고 전체적인 의미 구조에도 지각 변동을 일으킨다.

전반부 1연의 "누가 나를 보았다고 한다"라는 문장은 화자를 관찰하는 주체가 외부에 존재하고 이 상황을 전해들은 화자가 일종의 간접화법으로 진술하고 있다. 이 한 문장에 화자를 관찰하는 외부의 시선, 이 상황을 화자에게 전달하는 매개자, 이 전체를 발화하는 화자라는 세 겹의 시점이 개입하는 것이다. 2연의 문장은 화자가 "7년 전"의 과거를 회상하면서 내리는 판단을 진술하고, 3연의 문장은 그 연장선에서 화자가 깨달은 현재적 각성을 진술한다. 이처럼 전반부의 발화는 시점의 측면에서 외부의 시선, 매개자의 전달, 화자의 진술이라는 세 겹의 시점, 시제의 측면에서 과거, 현재진행, 현재라는 세 겹의 시제가 복합적이고 중층적인 구도를 형성하면서 그사이에 간격과 균열을 만들어 낸다. 이 간격과 균열은 시의 장면이나 진술 전체를 의식과 무의식의 경계에서 무시간성의 공간으로 부유하게 하면서 독특한 아우라를 만들어 내는 미학적 기능을 발휘한다.

이러한 미학적 효과가 생겨나는 이유를 해명할 때 일단 화자를 바라보는 외부의 시선을 '응시'라고 간주하는 관점이 유효할 수 있다. 라캉은 주체가 세계를 보는 눈인 '시선'과 구별하여 주체를 바라보는 세계 혹은 타자의 눈을 '응시'라고 개념화한다.* 라캉에 의하면 응시는 주체 혹은 시선에 앞서 존재하는데 이로 인해 주체는 모든 방향으로부터 보이는 대상으로서 세계의 스펙트럼 속에서 하나의 얼룩으로 존재할 따름이다. 이 시에는 기본적으로 시적 주체로서 화자가 존재하지만, 또 하나의 주체로서 외부의 시선이 '응시'로 개입할 때 화자는 관찰의 수동적인 대상의 위치에 놓이게 된다. 중반부의 진술들은 바로 이러한 '응시'에 의해 구조화되는 장면들로 이루어진다. 중요한 부분은 '응시'에 의해 구조화되는 장면들뿐만 아니라 화자의 '시선'과 세계의 '응시'가 교차하고 충돌하면서 복합적이고 중층적인 발화의 방식을 만들어 내는 것이다. 이 시는 기본적으로 화자의 고백 화법으로 전개되지만, 중반부에서 화자의 시선과 세계의 응시가 교차하고 충돌하는 가운데 "세상으로 나오는 굽은 못 몇 개를 본 사람들이 있다"라는 문장에서 1연에 이어 일종의 간접화법이 재등장한다. 화자의 "굽은 못"은 5연에서 외부의 시선에 의해 먼저 발견된 이후에 6연에 이르러 화자에 의해 "내 못들은 모두 나선형"이라는 자기 확인이 이루어진다.

후반부의 묘사나 진술은 다시 전반부가 순환적으로 반복하면서 시점의 측면에서 외부의 시선, 매개자의 전달, 화자의 진술이라는 세 겹의 시점, 시제의 측면에서 과거, 현재진행, 현재라는 세 겹의 시제가 개입한다. 7연의 "토마토가 익는 동안/ 다른 토마토가 열리지 않는 동안"이라는 문장은 화자가 현재적 상황을 관찰하고 진술하지만, 8연의

* 라캉은 메를로-퐁티와 사르트르의 개념을 전유하면서 주체가 세계를 보는 눈인 '시선'과 구별하여 주체를 바라보는 세계 혹은 타자의 눈을 '응시'라고 개념화한다. 응시는 시야에서 우리가 발견한 것을 상징하며 신비로운 우연의 형태로 갑작스럽게 접하게 되는 결여의 경험으로 우리에게 주어진다. 사물과의 관계가 시각을 통해 이루어지고 재현의 여러 형태들로 배열될 때 무엇인가 빠져나가고 사라지고 단계별로 전달되며 숨겨져 드러나지 않는 것이 바로 응시이다. 따라서 시선과 응시는 분열된다. 라캉은 응시 개념을 통해 재현에서 오랫동안 유지해온 주체의 지배권을 박탈하고 시선 및 자기의식에서 주체가 누려온 특권에 도전한다.

"연필 몇 개 하얗게 깎아주고 있"는 주체는 화자가 아니라 외부의 어떤 존재이므로 '응시'가 개입한다고 볼 수 있다. 9연의 "얼마만큼씩 빛은 없어지는 걸까"라는 문장은 화자가 질문을 동반하는 현재진행형의 확인을 통해 '빛의 소멸'에 대해 진술하고, 10연의 "여름은 이미/ 다른 곳에서 어떤 생을 사랑하고 있다"라는 문장은 화자가 현재적 확인을 통해 '사랑의 변모'에 대해 진술한다. 그리고 11연의 "누가 나에게서/ 익지 못하는/ 푸른 토마토 몇 개 보았다고 한다"라는 문장은 화자를 관찰하는 외부의 시선, 이 상황을 화자에게 전달하는 사람, 이 전체를 발화하는 화자라는 세 겹의 다층적 시점이 다시 개입한다. 이 시의 제목이 「몇 개의 발화」라는 점을 유의한다면, 이처럼 세 겹의 시점과 세 겹의 시제에 의해 생겨나는 복합적이고 중층적인 발화 방식이 작품의 구조화 원리를 좌우하는 중요한 미학적 장치임을 유추할 수 있을 것이다.

3 시간의 바깥과 '발'의 풍크툼

앞에서 최문자 시에서 '사랑-상실-회상-성찰'로 이어지는 시 의식의 내적 진행 과정이 시의 구조화 원리로도 작용하는데, 이 구조화 원리는 세 가지 시간성의 중첩이나 충돌을 시점의 변화를 통해 다양하게 변주함으로써 개별 시의 개성을 확보하는 동시에 전체적 의미 구조의 통일성을 유지하는 독창적인 방법론을 확보한다고 언급한 바 있다. 이번 시집에 나타나는 시간 의식에 초점을 맞춰 최문자 시 의식의 지향성을 추적하면서 미학적 특이성과 구조화 원리를 규명해 보기로 하자.

시간은 강물이 넘치는 쪽으로 흐르고 있었어
시간은 '아, 시간' 하고 외치는 어떤 발견이어야 했어

시간은 시간이 길다고 나에게 거짓말을 하고
나는 짧은 시간을 음악처럼 사랑했다

자주 폭력적이지만 시간이 온유하기를 기도했다

거기 커다란 발바닥이 있었어
성큼성큼의 길이가 있었어
말귀를 못 알아듣는 시곗바늘이 있었어

나는 가끔 시계의 창문을 부수고 싶었다

—「호모 노마드- 아, 시간」 부분

시간에 대한 인식은 최문자 시의 기본 항수를 이루는 요소로서 이번 시집에서도 중요한 모티프로 등장한다. 이

시에서 시적 주체의 시간 의식은 시간의 흐름에 대한 순응과 저항 사이에서 진동하는 모습을 보여준다. 1연에서 "시간은 강물이 넘치는 쪽으로 흐르고 있었어"라는 문장은 화자가 회상을 통해 시간의 순행적 흐름을 인지하는 모습을 제시하고, "시간은 '아, 시간' 하고 외치는 어떤 발견이어야 했어"라는 문장은 화자가 특정한 시간을 정지시키는 인식에 대해 각성하는 모습을 제시한다. 우리는 전자를 크로노스(chronos)로 간주하고 후자를 카이로스(kairos)라고 간주할 수 있다. 크로노스가 시작에서 종말에 이르는 세속적인 시간으로서 연대기적 시간이라면, 카이로스는 기회의 시간으로서 한순간에 모든 것이 응축되는 시간이기 때문이다.

2연에서 시간이 주어인 첫 문장 "시간은 시간이 길다고 나에게 거짓말을 하고"와 화자가 주어인 두 번째 문장 "나는 짧은 시간을 음악처럼 사랑했다"를 일반적으로 대립 관계로 이해하기 쉽다. 이러한 이해는 크로노스와 카이로스를 질적으로 상이한 것으로 이해하는 통상적인 인식과도 상통한다. 그러나 화자가 "음악처럼 사랑"한 "짧은 시간"은 "나에게 거짓말을 하"는 시간으로부터 추출해서 생성시킨 것이다. 다시 말해 시적 화자는 "시간이 길다고 나에게 거짓말을 하"는 크로노스에 번번이 속지만, 그 속에서 속임을 당하는 가운데 정신의 집중을 통해 "음악처럼 사랑"한 "짧은 시간"을 생성시키는 것이다. 최문자 시의 화자는 크로노스 즉 연대기적 시간 속에서 생겨나서 작동하는 동시에 그것을 내부에서 변용시키는 시간으로서 카이로스를 추구하는 것이다.

3연의 "자주 폭력적이지만 시간이 온유하기를 기도했다"라는 문장에서 화자는 시간의 폭력성을 경험하고 그것에 대응하는 방식으로 "기도"를 실천한다. "기도"의 행위는 최문자 시 세계에서 특별한 위상을 차지한다. 가장 큰 범주에서 최문자의 시적 지향성인 사랑의 존재론적 탐구가 '사랑-상실-회상-성찰'로 이어지는 시 의식의 내적 진행 과정과 최근 시의 지향성인 '사랑-슬픔과 고통-숙성-죽음-상처와 얼룩-공허와 허무-헛된 의지와 각오'로 이어지는 내밀한 전개과정이 도달하는 하나의 귀결점이 "기도"라고 볼 수 있다. 그리고 인용 시의 중심 주제인 시간 의식의 범주에서는 크로노스와 카이로스라는 두 이질적인 시간의 결합으로 이루어지는 '메시아적 시간 의식'과 긴밀히 연결되는 것이 "기도"라고 볼 수 있다. 이러한 해석은 조르주 아감벤이 사도 바울이 『로마서』에서 말한 '지금-이때' 혹은 '파루시아(임재)'라는 용어 속에 메시아적 사건의 이분합일적 구조가 내포되어 있다고 말한 바와 연관된다. 아감벤에 의하면, 바울이 말하는 메시아적 시간은 세속적이고 연대기적인 크로노스 속에 존재하면서 거기서 나와서 그것을 변용시키는 수축된 시간이다. 그러나 바울이 '지금-이때'라고 표현하는, 이 수축된 시간은 메시아의 완전한 임재에 이르기까지 지속된다. 이 임재는 심판의 날 및 시간의 종말과 일치하므로, 여기서 시간은 폭발하거나 또 하나의 시간 속으로 그리고 영원 속으로 내파된다.*

4연을 이해하기 위해서는 우선 "거기"라는 지시대명사가 가리키는 대상이 무엇인지 해석할 필요가 있다. 문맥을 살펴볼 때 "거기"가 지시하는 것을 "기도"보다는 "시간"으로 간주하는 것이 더 적절하다. 화자는 "시간"의 흐름에서 "커다란 발바닥", "성큼성큼의 길이", "말귀를 못 알아듣는 시곗바늘"을 발견한다. 일단 "커다란 발바닥"은 시간의 흐름을 발이 큰 짐승으로 비유하고 "성큼성큼의 길이"는 그 빠른 움직임을 의미하며 "말귀를 못 알아듣는 시곗바늘"은 화자의 의도나 의지와 무관하게 진행되는 시간의 속성을 의미한다고 해석할 수 있다. 그런데 필자는 "발바닥"이라는 시어에서 이러한 일반적이고 상식적인 해석으로는 해소되지 않는 묘한 풍크툼을 느낀다. 또 한 가지 주목할 만한 풍크툼은 마지막 연에 등장하는 "시계의 창문"이다. '창문'은 일반적으로 안과 밖의 경계를 형성하면서 관찰과 통과를 허용하기도 하고 차단하기도 하는 이미지로 형상화된다. 최문자의 이번 시집에는 도처에 '창문' 이미지가 등장하는데, "시계의 창문"은 시간의 안과 밖을 상정하고 관찰, 통과, 차

* 조르조 아감벤, 강승윤 옮김, 『남겨진 시간-로마인들에게 보낸 편지에 대한 강의』,(코나투스, 2008), 120~121쪽 참고.

단 등을 통해 위상 변화를 가능케 하므로 중요한 시적 장치로 작용한다고 볼 수 있다. 인용한 시에서 "시계의 창문을 부수고 싶었다"라는 문장은 화자가 크로노스의 내부에서 벗어나 '바깥의 시간'으로서 카이로스를 염원하는 소망을 표현한 것으로 해석할 수 있을 것이다.

필자는 이 시에서 발견한 두 개의 풍크툼, 즉 "발" 이미지와 "시계의 창문" 이미지가 긴밀히 결부된다고 생각한다. 시적 주체가 크로노스의 내부에서 벗어나 '바깥의 시간'을 지향하려면 내면적 정신 차원인 '못'에서부터 신체적 기관 차원인 '무릎'을 거쳐 '발'이라는 최말단까지 내려와서 몸소 겪는 고난(passion)에 대한 열정(passion)이 필요한 것이 아닐까. 이번 시집의 전체적인 의미 구조와 형상화 방식을 좀 더 구체적으로 확인하기 위해 '발'과 '시간의 바깥'이라는 풍크툼에 유의하면서 다음 작품을 읽어보자.

4월
문 열고 나와보니 모두 흰 꽃
컴컴한 발들은 모두 여기에 없었다

가지에 커다랗게 하얗게 있다가 내려온 꽃이
'내 발은 어디에 있을까?'
파면 파고들수록 어려웠다
술 취한 남자처럼

그 길에서 발의 이름을 불러보았다

몸의 끝이 안보인다

몸을 잃어버린 발들이 여기 말고도 지구에 몇 억개쯤 더 있을 것 같고

발 없는게 뭔지도 모르면서

수백개의 꽃 사이를 지나쳤다

꽃잎 꽃잎 꽃잎 꽃잎 같은 발을 찾아서

꽃이 떨어져 죽을 때

막 도착하는 발을 보았다

늘 아슬아슬했다는 뜻이네

발은

꽃보다

크레타 미궁 같은 캄캄한 바닥을 하나 더 알고 있다는 것이네

—「호모 노마드- 발」

이 시는 전체적인 시상이 "흰 꽃"과 "컴컴한 발"의 관계

를 중심으로 전개된다. 이 두 이미지를 대립 관계로 설정하고 전자를 순수하고 원초적인 생명이라는 긍정적 의미로, 후자를 암울한 현실에 오염되거나 퇴색된 존재라는 부정적 의미로 이해하는 것이 일반적이고 상식적인 해석일 것이다. 1연의 "4월/ 문 열고 나와 보니 모두 흰 꽃/ 컴컴한 발들은 모두 여기에 없었다"라는 문장은 이러한 해석을 뒷받침하는 듯하다. 그런데 2연의 "가지에 커다랗게 하얗게 있다가 내려온 꽃이/ '내 발은 어디에 있을까?'"라고 질문하는 문장에서 우리는 "꽃"과 "발"이 대립 관계가 아니라 위상 전이의 과정을 겪는 동일 존재임을 알게 된다. "꽃"은 "가지에 커다랗게 하얗게 있다가 내려"와서 자신의 "발"의 행방을 찾고 있는 것이다.

화자는 "발의 이름을 불러보"고 "몸을 잃어버린 발들"이 "지구에 몇 억개쯤 더 있을 것 같"다고 짐작하는 등 "발"을 찾기 희망한다. 최문자의 이번 시집에서 "발"의 정체는 "몸의 끝이 안보인다/ 몸을 잃어버린 발들"이라는 표현에서 은연중에 노출되듯이, "몸의 끝"인 동시에 "몸을 잃어버린" 존재성이라는 복합적인 의미를 가진다. "몸의 끝"이라는 의미는 주체의 양상 측면에서 내면적 정신 차원인 '못'에서부터 신체적 기관 차원인 '무릎'을 거쳐 '발'이라는 최말단까지 내려오는 귀결과 연관되고, 시 의식의 지향성 측면에서는 '사랑-슬픔과 고통-숙성-죽음-상처와 얼룩-공허와 허무-헛된 의지와 각오'로 이어지는 전개과정의 한 귀결과도 연관된다. 이 두 가지 귀결점으로서 "몸의 끝"은 사랑의 슬픔과 고통을 숙성시켜 죽음에 이르는 '몸소 겪음'의 차원, 즉 고난에 대한 열정을 내포한다. 다음으로 "몸을 잃어버린" 존재성이라는 의미는 인용한 시의 4연에서 "발 없는게 뭔지도 모르면서/ 수백개의 꽃 사이를 지나쳤다"에서 나타나듯 미지의 수수께끼와 같은 불가지성과 연관되고, 더 나아가 의식의 차원에서 벗어나서 '시간의 바깥'으로 나아갈 때 만나는 무시간성이 지배하는 무의식의 심연과도 연관된다. 따라서 "발"의 정체는 몸으로 겪는 고난에 대한 열정과 무의식의 혼돈으로 전진하는 고난에 대한 열정을 동시에 함축한다고 볼 수 있다.

이처럼 "몸의 끝"인 동시에 "몸을 잃어버린" 존재성이라는 복합적인 의미를 가지는 "발" 상징은 5연의 "꽃잎 꽃잎 꽃잎 꽃잎 같은 발"에서 "꽃잎"과 동등한 위상을 가지기도 하고, "꽃이 떨어져 죽을 때/ 막 도착하는 발을 보았다"에서 "꽃"이 "죽"음을 맞이할 때 도래하는 상처와 얼룩, 공허와 허무, 헛된 의지와 각오 등의 의미를 동반하기도 한다. 그리고 그 연장선에서 마지막 연의 "발은/ 꽃보다/ 크레타 미궁 같은 캄캄한 바닥을 하나 더 알고 있다"라는 표현에서 드러나듯, 미지의 수수께끼와 같은 불가지성과 접속하면서 혼돈으로 가득찬 무의식의 심연과 조우하는 것이다.

4 공간의 바깥과 '말'의 풍크튬

앞 장에서 시간 의식에 초점을 맞춰 최문자 시 의식의 지향성을 추적하면서 미학적 특이성과 구조화 원리를 규명하기 위해 '시간의 바깥'과 '발'의 풍크튬에 주목해 보았다. 이 장에서는 그 연장선에서 공간의 위상학에 초점을 맞춰 최문자 시 의식의 지향성을 추적하면서 '공간의 바깥'과 '말'의 풍크튬에 주목해 보기로 하자.

내가 가르시아 마르케스의 책을 읽을 때
너는 헤엄쳐 나간다

발이 부르트도록 걸었던 어떤 길
마디마디 따가운 신발을 신겨주던 그 길 바깥에서

사랑은 얼마나 하찮은지

눈이 내리자
새들처럼 바로 없어지는 너

나는 화폐의 모든 단위를 잊었다

우리는 서로 어울리는 뼈를 찾지 못했다

바람을 전해주는 흉노의 딸일까?

내 꿈의 대부분은 말꿈이었지

말이 슬피 우는 꿈 말이 시름시름 앓는 꿈 말과 길에서 다투는 꿈 말이 일어나지 못하는 꿈

여기가 끝인데 말들은 끝 그 다음으로 떠나고 있었다

하루 100만명 이상의 인간이 허공에 떠서 비행하고 10억명 이상이 트럭이나 자동차에 실려

길 바깥에 있단다

모두 넘어지고 쓰라린 아픈 자국을 가리고

—「호모 노마드- 바깥에서」

이 시는 화자인 "나"와 "너"의 관계를 중심으로 '사랑'의 주제를 형상화한다. 시상은 크게 "나"와 "너"의 엇갈리는 관계를 진술하는 전반부(1~6연)와 "꿈" 이야기를 진술하는 후반부(7~10연)로 구분된다. 1연의 "내가 가르시아 마르케스의 책을 읽을 때/ 너는 헤엄쳐 나간다"라는 문장에 나타나는 화자와 "너"의 평행 관계는 전반부 전체의 구도를 견인한다. 그런데 2연의 "발이 부르트도록 걸었던 어떤 길"과 "따가운 신발을 신겨주던 그 길 바깥"이라는 구절은 앞 장에서 살펴본 "창문"을 열고 '시간의 바깥'으로 나가서 만나

는 '발'의 풍크툼을 재확인하는 동시에 "길"의 "바깥"이라는 '공간적 외부'가 제시된다는 점에서 특별히 주목할 필요가 있다. 이번 시집에서 최문자 시 의식의 지향성은 '사랑-슬픔과 고통-숙성-죽음-상처와 얼룩-공허와 허무-헛된 의지와 각오'로 이어지는 전개가 하나의 귀결점으로 "기도"에 이르기도 하고, "몸의 끝"인 동시에 "몸을 잃어버린" 존재성인 "발" 상징을 통해 "시계의 창문"을 열고 '시간의 바깥'으로 벗어나서 무시간성이 지배하는 무의식의 심연과 조우하기도 하며, "길"의 "바깥"이라는 '공간적 외부'로 벗어나면서 무의식의 심연과 조우하는 동시에 개인적 차원의 사랑을 공동체적 차원 및 인류애적 차원의 사랑으로 승화하기도 하기 때문이다.

3연의 "사랑은 얼마나 하찮은지", 4연의 "눈이 내리자/ 새들처럼 바로 없어지는 너", 5연의 "나는 화폐의 모든 단위를 잊었다" 등의 문장이 암시하는 "나"와 "너"의 엇갈리는 사랑은 6연의 "우리는 서로 어울리는 뼈를 찾지 못했다"라는 문장에 수렴되고 결집된다. "뼈"의 이미지는 사랑의 상실이나 좌절로 인해 메마른 존재의 불모성을 상징하는 동시에 근원으로 회귀하여 만나는 존재의 본질적 원상을 상징하기도 한다. 따라서 이 문장은 "나"와 "너"의 사랑이 근원적 불가능성에 봉착했음을 암시하고 있다.

시의 후반부는 화자가 "길"의 "바깥"이라는 '공간적 외부'로 벗어나면서 만나는 무의식의 심연인 "꿈" 이야기를 진술한다. 7연에서 화자는 자신의 "꿈"이 대부분 "말꿈"이라고 고백하는데, 우리는 화자가 제시하는 "말꿈"의 내용에 대해 무의식의 정신분석을 시도할 수도 있을 것이다. 그 이전에 우리는 "말" 상징의 풍크튬이 시적 주체가 '시간의 바깥'으로 벗어날 때 동반했던 "발" 상징의 풍크튬과 긴밀한 연관성을 가진다고 생각할 수 있다. 다시 말해 화자가 '시간의 바깥'으로 벗어날 때 "발" 상징을 동반했다면, '공간의 바깥'으로 벗어날 때 "말" 상징을 동반한다는 것이다. "말꿈"의 내용은 "바람을 전해주는 흉노의 딸", "말이 슬피" 울고 "시름시름 앓"는 장면, "말과 길에서 다투는" 장면, "말이 일어나지 못하는" 장면 등으로 제시되는데, 이 장면들은 화자의 무의식 내부에 방랑, 불모, 슬픔, 고통, 불화, 상처 등이 스며들어 있음을 짐작케 한다. 그런데 이보다 더 중요한 부분은 8연의 "말들은 끝 그 다음으로 떠나고 있었다"라는 문장에 나타나듯, 화자의 무의식 내부에 "끝 그 다음"의 공간에 대한 지향성이 자리잡고 있다는 점이다.

인용한 시에서 "끝 그 다음"의 공간은 9연의 "하루 100만명 이상의 인간이 허공에 떠서 비행하고 10억명 이상이 트럭이나 자동차에 실려" 가는 "길 바깥"으로 제시되고, 이 공간적 외부의 사람들은 10연에서 "모두 넘어지고 쓰라린 아픈 자국을 가리고" 있는 존재로 묘사된다. 이번 시집에서 "끝 그 다음"의 공간에 대한 무의식 내부의 지향성은 최문자 시 의식의 핵심인 사랑의 존재론적 탐구가 '죽음' 이후에 '시간의 바깥'으로 벗어나서 "발" 상징을 통해 무의식의 심연과 만나는 동시에 '공간의 바깥'으로 벗어나서 "말" 상징을 통해 개인적 차원의 사랑을 공동체적 차원의 사랑으로 승화하는 하나의 이정표를 제시하고 있다. 무시간성이 지배하는 무의식의 심연에서 최문자가 제시하는 시 의식의 이정표는 '사랑'의 상실에서 발생하는 '슬픔과 고통'을 숙성시켜 '죽음'에 도달한 이후에 그 죽음 너머에서 "끝 그 다음"의 시간과 공간으로 한 걸음 더 나아갈 때 만나는 세계를 가리키고 있다. "모두 넘어지고 쓰라린 아픈 자국을 가리고" 있는 "인간"에 대한 연민은 시적 주체가 자신의 '슬픔과 고통'을 숙성시켜 '죽음'에 도달한 이후에 "끝 그 다음"의 시간과 공간으로 진입할 때 얻어지는 승화된 사랑의 모습이다.

이번 시집에서 최문자 시 의식의 지향성은 '사랑-슬픔과 고통-숙성-죽음-상처와 얼룩-공허와 허무-헛된 의지와 각오'로 이어지는 전개가 '시간의 바깥'과 "발" 상징을 통해 무의식의 심연에 진입하고 '공간의 바깥'과 "말" 상징을 통해 무의식의 심연 내부에서 개인적 사랑의 차원을 공동체적 사랑의 차원으로 승화함으로써 더 큰 사랑으로 회귀한다. 결국 이번 시집에서 최문자 시 의식의 지향성은 '사랑-슬픔과 고통-숙성-죽음-끝 그 다음의 시공(時空)-무의식의 심연-더 큰 사랑'으로 요약할 수 있다. 우리는 이러한 시 의식의 지향성을 통해 "늘 견디지 못하고 세상으로 나오는 굽은 못"이 "나선형"인 것처럼 최문자 시의 사랑의 행로가 순환적 반복을 통해 원주를 넓히며 승화되어 더 큰 사랑으로 회귀함을 확인할 수 있다.

지은이 **최문자**

서울에서 태어났다. 1982년《현대문학》을 통해 작품 활동을 시작했다. 시집『나무 고아원』『그녀는 믿는 버릇이 있다』『사과 사이사이 새』『파의 목소리』『우리가 훔친 것들이 만발한다』등이 있고 산문집『사랑은 왜 밖에 서 있을까』가 있다. 박두진문학상, 한국시인협회상, 신석초문학상, 한국서정시문학상 등을 수상했다. 협성대 문창과 교수, 동 대학 총장, 배재대 석좌교수를 역임했다.

해바라기밭의 리토르넬로

1판 1쇄 찍음 2022년 2월 25일
1판 1쇄 펴냄 2022년 3월 4일

지은이 최문자
발행인 박근섭, 박상준
펴낸곳 (주)민음사

출판등록 1966. 5. 19. (제16-490호)
서울특별시 강남구 도산대로1길 62(신사동)
강남출판문화센터 5층 (06027)
대표전화 02-515-2000 / 팩시밀리 02-515-2007
www.minumsa.com

ISBN 978-89-374-0915-8 04810
978-89-374-0802-1 (세트)

민음의 시
목록

147 슬픈 갈릴레이의 마을 정채원
148 습관성 겨울 장승리
149 나쁜 소년이 서 있다 허연
150 앨리스네 집 황성희
151 스윙 여태천
152 호텔 타셀의 돼지들 오은
153 아주 붉은 현기증 천수호
154 침대를 타고 달렸어 신현림
155 소설을 쓰자 김언
156 달의 아가미 김두안
157 우주전쟁 중에 첫사랑 서동욱
158 시소의 감정 김지녀
159 오페라 미용실 윤석정
160 시차의 눈을 달랜다 김경주
161 몽해항로 장석주
162 은하가 은하를 관통하는 밤 강기원
163 마계 윤의섭
164 벼랑 위의 사랑 차창룡
165 언니에게 이영주
166 소년 파르티잔 행동 지침 서효인
167 조용한 회화 가족 No. 1 조민
168 다산의 처녀 문정희
169 타인의 의미 김행숙
170 귀 없는 토끼에 관한 소수 의견 김성대
171 고요로의 초대 조정권
172 애초의 당신 김요일
173 가벼운 마음의 소유자들 유형진
174 종이 신달자
175 명왕성 되다 이재훈
176 유령들 정한용
177 파묻힌 얼굴 오정국
178 키키 김산
179 백 년 동안의 세계대전 서효인
180 나무, 나의 모국어 이기철
181 밤의 분명한 사실들 진수미
182 사과 사이사이 새 최문자
183 애인 이응준
184 얘들아, 모든 이름을 사랑해 김경인
185 마른하늘에서 치는 박수 소리 오세영
186 ㄹ 성기완
187 모조 숲 이민하
188 침묵의 푸른 이랑 이태수
189 구관조 씻기기 황인찬
190 구두코 조혜은
191 저렇게 오렌지는 익어 가고 여태천
192 이 집에서 슬픔은 안 된다 김상혁
193 입술의 문자 한세정
194 박카스 만세 박강
195 나는 나와 어울리지 않는다 박판식
196 딴생각 김재혁
197 4를 지키려는 노력 황성희
198 .zip 송기영
199 절반의 침묵 박은율
200 양파 공동체 손미
201 온몸으로 밀고 나가는 것이다
서동욱·김행숙 엮음
202 암흑향 暗黑鄕 조연호
203 살 흐르다 신달자
204 6 성동혁
205 응 문정희
206 모스크바예술극장의 기립 박수 기혁
207 기차는 꽃그늘에 주저앉아 김명인
208 백 리를 기다리는 말 박해람
209 묵시록 윤의섭
210 비는 염소를 몰고 올 수 있을까 심언주
211 힐베르트 고양이 제로 함기석
212 결코 안녕인 세계 주영중
213 공중을 들어 올리는 하나의 방식 송종규
214 희지의 세계 황인찬
215 달의 뒷면을 보다 고두현
216 온갖 것들의 낮 유계영
217 지중해의 피 강기원
218 일요일과 나쁜 날씨 장석주
219 세상의 모든 최대화 황유원
220 몇 명의 내가 있는 액자 하나 여정
221 어느 누구의 모든 동생 서윤후
222 백치의 산수 강정
223 곡면의 힘 서동욱